光文社文庫

トリップ

角田光代

光 文 社

空の底

森田次男は午後七時三十分、南口の柿崎ブックセンターにあらわれなかった。一時間待った。あらわれなかったということは、わたしとの駆け落ちを放棄したということだ。「愛犬の友」を「ロッキンオンジャパン」を読み、「クレア」の新しい髪型特集を読み、「愛犬の友」を読み、文庫本コーナーでななえちゃんがいいと言っていた藤沢周平の『蟬しぐれ』をぱらぱらとめくってみて、気づいたら八時半を過ぎていたので、納得して帰ることにした。

夕飯はビーフストロガノフと海老《えび》のサラダだった。母親と食べた。両方ともわたしの好物なので、今日駆け落ちをしなくてよかったんだと思おうとした。しかし駆け落ちせずに戻った自分の家は奇妙だった。今晩からわたしはここにいないはずだった。部屋もきちんとかたづけてある。それなのにわたしは昨日と同じくここへ帰ってきて、いつも使っている食器で食事をし、画面の汚れはじめたテレビを見て、もう会うこともないはずだった母親の顔を見て相槌《あいづち》をうったりしている。

「すみれさんちさあ」母親がテレビに顔を向けたまま言う。「離婚するかもしれないんですって。現在家庭内別居中なんですって。そんなことかあさん知りたくもないんだけど、すみれさんてなんでもしゃべるのよねえ、今日もさあＯＫスーパーでレジ待ちのとき会ってそんなこと話すのよ、あっけらかんとしてるわよねえ」

森田次男のことを愛していたわけではなかった。愛しているから駆け落ちをしたかったのではなく、わたしは道を踏み外してみたかったのだ。道を踏み外すということがどういうことなのかわたしはきっとよくわかっていないんだろうけれど、高校生の駆け落ちはわたしの想像する範囲で「道を踏み外す」行為に思えた。最適に思えた。

食事を終えてテレビを見た。つまらない番組だったけれどかなり熱心に見た。自分の部屋にいきたくなかった。今日からもうここで過ごすこともないと決意したばかりの、住み慣れた自分の場所へいきたくなかった。

父親は十時近くに帰ってきて、ひとりでビーフストロガノフと海老のサラダを食べた。向かいに座って母親が、「すみれさんちさあ」とさっきとまったく同じ口調でしゃべっていた。全部聞き終えてから父親が、おまえ、そんなふうに人のうわさ話ばかりするのはやめろ、退屈な主婦みたいじゃないか、と言い、だって退屈な主婦じゃん、とわたしは心のなかでひそかに思い、うわさ話じゃないわよ、本人が言ってたって伝えてるだけじゃないの、と母親が反論し、何も伝えることはないんだ、おれに、と父親はさらに言い、最後まで聞いたじゃん、ふたたびわたしはひそかに思い、じゃあなーに？　黙って食事するあなたを黙って見つめていればいいっていうの？　と母親が語気を荒らげ、父はふいにわたしをふりかえり、

「さっさと風呂に入ったらどうなんだ、あとがつかえてるんだ」と言った。

「そうよ、ただでさえあんた長いんだから」母がつけ加えた。

これが道を踏み外さなかったわたしの日常である。父と母はいつもけんかなのかそうでないのかわからない言い合いをし、しかし少しでも言い合いが深刻みを帯びはじめると（たぶん言い合いが本質に触れはじめると、ということなのだとわたしは思う）、そろってわたしを見て何か注意してふだんどおりに戻る。わたしに向けた、二人の顔はよく似ている。きょうだいみたいだ。一緒に暮らしているときっと顔が似てくるんだ。だとしたらわたしは森田次男と駆け落ちをしなくてよかったのかもしれない。わたしは森田次男の顔があんまり好きじゃない。

眠るまえ、ベッドに寝転がって天井を眺め、森田次男のことを考えた。森田次男の手、指、スニーカーのなかに押しこめられた平たい足、前歯、くぐもった声。今日もし森田

次男があらわれていたら、その先は空白だった。平穏に続いていくであろうわたしの毎日が、突然ちょん切られて、ちょん切られた先の空白になるはずだった。わたしのいるべき場所ではない空白のなかで、自分が何をするのか——森田次男をどんなふうに愛するのか、どんな暮らしをはじめるのか、何を楽しいと思い何をつらいと思うのか、そのことに興味があった。森田次男を愛することは簡単なことに思えた。見知らぬその場所で知っている人間は彼しかいないのだから。そしてもし森田次男との生活に倦《う》んだら、彼を捨てることも簡単である気がした。その先は、さらにさらにわからない、空白でもない。

でもそうはならなかったけど、と小さくつぶやいて寝返りをうち、今度は壁を見つめてすみれさんのことを考えた。右隣の家にすむすみれさんは、わたしが十歳かそこらのとき、結婚して引っ越してきた。家庭内別居ってどんな感じなのだろう、離婚するということはすみれさんにとって道を踏み外すようなことなのだろうか、それとももともとどおりの道に戻るようなこと？　その先はすみれさんにとっても空白なんだろうか？　壁についている薄茶色のしみを指でなぞりながら、明日訊《き》きにいってみよう、と思い、明かりを消した。遠くから男のどなる声が聞こえてくる。これは左隣の松本夫婦の夫の声。起きあがって窓から松本夫婦宅を見下ろしてみようかと思うが、面倒になって目をつむる。部屋にやわらかく広がる薄い闇に、松本夫のどなる声が小さく小さく入りこんでくる。液体のように。

すみれさんの家は、ずいぶん昔に建てられた、平屋の一軒家だ。すみれさんたちが引っ越してくる以前は、あまりよく覚えていないけれど、おじいさんと若い女の人が住んでいたような気がする。いつのまにかいなくなっていて、しばらく空き家だった家に、すみれさんとすみれさんの夫がきたのだ。その日のことをなんとなく覚えている。ばかでかいトラックや、三角巾をかぶったすみれさんの笑顔や、すみれさんの夫のダサいジーンズ。

玄関から続くぎしぎし鳴る廊下を進み、奥の右側の部屋に通される。八畳の和室にものがたくさんおいてある。洋服簞笥《だんす》やステレオや本棚や鏡や、コンピュータや洋服をかけるラックや雑誌の束。真ん中だけぽかりと空間があいて、ちゃぶ台がひとつ。以前はこの部屋にちゃぶ台以外何もなかったのに。

「私のお友達で依田《よだ》くんて人がいるの」コーヒーとクッキー缶を持ってきてくれたすみれさんはわたしの向かいに座って、そんなことを突然言う。「依田くんこのあいだ、会社の同僚と電車に乗ったのね、飲みにいった帰りに、いつもどおりにね。わりと空いてたから座ったんだって、二人で、並んで」

　すみれさんは話しながらクッキー缶をあける。お皿には出さずにそのままクッキーをつまんで口に放りこむ。すみれさんはいつもこんなふうに唐突に話しだす。

「まったくいつもと同じに、話していたらしいの、依田くんとその同僚。明日起きるのつらいねえ、とか、きっとそんな話よ。そしたらね、急にね、その同僚が立ち上がって」

　すみれさんは話がうまい。そこで言葉を切ってじっとわたしを見すえる。すみれさんの、黒い部分が多い、小動物みたいなまるい目をわたしも見た。

「おまえも仲間だろうってどなりだしたらしいの、依田くんにむかって。そう言って、頭を掻《か》きむしりながら、あああ――って、ものすごい大声はりあげて、電車のなかで走りだしたんだって。依田くんびっくりして追いかけたの、その同僚は電車の一番端までいって、また先頭まで走って、そのあいだずっと、あーとかぎゃーとか叫んでるのね、依田くん、何がなんだかわからなくて、つかまえて、どうしたんだって訊いたんだけど、その子、完全にいっちゃってて、瞳孔なんかひらいちゃってさ、体もこわばらせて、わかってるんだ、おまえもおれをつかまえるためにきたんだとか、へんなことずっと口走って、あとは叫んでいるきり」

すみれさんはまた言葉を切ってコーヒーをすする。自分がここへ何をしにきたのか忘れたままわたしは話の続きを待つ。

「依田くん何が起きたのかぜんぜんわからないわけ、だって、ほんの数十分前まで、居酒屋で一緒に飲んでたのよ、上司のことなんか言ったり、好きな女の子の話なんかしたりして。それでほんの少し前まで、となり同士座って、明日の朝つらそうだよな、なんて言ってた人がよ、急に、あーとかぎゃーとかよ」

それだけ話してすみれさんは、どこか取りすましたような表情で(彼女はよくこういう顔をする)黙ってコーヒーを飲んだ。

「どういうこと?」

おとぎ話の教訓がなんであるのかを尋ねるようにわたしは訊いた。

「ほんの一瞬のうちに、その子の頭ん中全部どっかいっちゃったのよ。こわいわよね」

「それでどうなったの?」

「依田くんはとりあえず電車をおりて、騒ぎ続ける彼をなだめながら彼の家までタクシーで送っていって、ご家族のかたに彼を渡して帰ってきたって」

「そんなことってあるんだ」

「あるんだね」

わたしとすみれさんはどこかしんとしてクッキーを食べ、コーヒーを飲んだ。ちゃぶ台を中心にして、この部屋につめこまれたものが、すみれさんを守る要塞みたいに思えた。この和室は南向きだから陽が射しこむはずなのに、家具や積みあげられたものに阻まれて、ちゃぶ台まで光が届かない。ときおり風が吹く。これがカテイナイベッキョか、と心の中でつぶやく。

「すみれさん、ひょっとして引っ越すの？」

わたしは訊いた。

「離婚することになればね」すみれさんは折り曲げた自分の足の爪先をいじる。すみれさんは素足で、足の甲がほかのものみたいに白くて艶《つや》やかだった。「でもこうして自分のものをこの部屋に持ってきちゃうと、なんかもうこれでいいような、そんな気もしてきてね」

すみれさんに見送られて彼女の家の玄関を出た。自分の家の玄関を開けるとき、いやな話を聞いた、と思った。わたしは二時間近くもすみれさんとおしゃべりしていたのに、離婚のことや家庭内別居のことも聞いたのに、覚えていることと言えば電車のなかで突然おかしくなってしまった依田くんの同僚の話だけで、わたしは何かにつけ、この話を思い出すような気がした。十年後、どこかのＯＬになっていたとしても、二十年後、母親のように退屈な主婦になっていたとしても。思い出し、そして軽い恐怖を味わうのだ。わたし自身がいつそうなってもおかしくないのだと納得しながら。そういう類《たぐい》のいやな話だと思った。

夕飯の支度をしている母親に、依田くんの同僚の話をしてやろうと何十回も思ったが、結局できなかった。話そうと言葉を練りあげるたび、不幸の手紙を友達にまわすような罪悪感を覚えた。

夕飯はかじきの味噌漬けと野菜の煮物だった。すみれさんの家に今日いったことをわたしは母親に話さなかった。母親も今日は、だれのうわさ話も耳にしなかったらしく、黙って漬物をぽりぽりと噛《か》んでいる。

甲高い女の叫び声とともにガラスの割れる音が聞こえたのは、わたしも母親もおおかた夕飯を食べ終えたころで、それを聞きつけて母親はどこか歓喜した目でわたしを見てから、いそいそとテレビを消した。母親は漬物を噛み砕くのをやめ、わたしは味噌汁をすすりあげるのをやめ、おたがいに、食卓にひっそりと首を突き出して家に入りこんでくる声と物音を聞き取ろうと耳をすませた。わたしも母親と同じくわくわくした目つきをしているのだろうと思った。

無遠慮にうちに侵入してくる痴話喧嘩は、左隣の松本夫婦から発信されている。彼らは——というより、図式的には松本夫が一方的に——毎日諍《いさか》いを起こしているが、週に一度か二度はひどく派手な騒ぎを繰り広げる。食器の割れる音、ガラスの割れる音、何かが床に落ちるどすんという重い音、何かが壁にあたるばしんという鈍い音、罵声《ばせい》、悲鳴、それらが混じりあって、ストレートに聞こえてくる。もっともよく聞こえるのが左隣に面したこの食堂と、食堂の上に位置するわたしの部屋である。箸を握ったまま動きを止めたわたしと母親の耳に、やめて、もうやめて、という松本妻の泣き叫ぶ声が聞こえ、そんなにおれのことが信じらんねえのか、信じらんねえならしょうがねえよ、なあ、そうだろうがよ、と怒鳴る、濁声《だみごえ》の松本夫の声が聞こえ、続いて壁をパンチするような音、床に何かをたたきつける音、何かが割れる音、歌うようにとおりのいい悲鳴、などが次々と聞こえてくる。

松本夫婦は見るからに元ヤンキー、もしくはチーマー、そのあたりの区別がわたしにはよくつかないのだけれど、母親の言葉を借りれば以前不良だったたろう若い夫婦で、半年ほど前にとなりの貸家に越してきた。松本夫はわたしよりよっぽど艶のある茶色い髪をうしろで一つに結んだハンサムな男で、松本妻はほっそりとした、どこか不幸そうな影のつきまとうかなしげな美人だった。二人は引っ越してきたときうちに生蕎麦《きそば》を持ってあいさつにきた。松本夫は愛想のいい男で、また彼らのくれた蕎麦もおいしかったので、昔不良だった人たちは結婚すると本当に家庭的になるのだ、ああいう人が見かけはどうあれきちんとした家庭を作るのだと、母親は妙なほめかたをしていたのだけれど、引っ越してきた次の日からもう、彼らのけんかの声や物音はうちに筒抜けになった。あれだけほめていた母親はどこか勝ち誇ったような表情でその声に耳をすませ、やっぱりねえ、などとうきうきしてつぶやくのだった。

母親とわたしがテーブルに顔を突き出すようにしてとなりの物音に耳をすませているとき、父親が帰ってきた。近ごろ父親は土曜日でも出勤している。食堂の扉を開け、動きを止めて額を突き合わせているわたしたちが何をしているのかすぐに理解したらしく、父親は露骨にいやな顔をしてテレビをつけた。

「そういうことはやめなさいよ、みっともないぞ、なんでおまえはそう、人様の事情に首をつっこみたがるんだ」冷蔵庫からビールをもってきて、ネクタイをゆるめながら父親はソファに腰かける。「帰ってきてみれば二人そろってとなりのようすに聞き耳たてて、そっくりの顔してたぞ、おまえたち、低俗さ丸出しの」

「違うわよ、誤解しないでよ、あの人たち、本当に何やらかすかわからないんだから、このあいだだって、ガラス戸が割れるようなものすごい音がしたのよ、ひょっとしていつか大変なことになるかもしれないわよ、わたしはそう思って」

　母親は抗議しながら味噌汁をあたため、かじきをレンジにいれる。

「家庭内別居だの離婚だの大変なことだの、よそ様のことをあれこれ言ってないでほかにやることがあるだろう」

　父は母の言葉を遮って言い、わざとらしくため息をついてグラスのビールを飲み干す。果たして母親にほかのやるべきことなんてあるのだろうかとわたしは思った。すっかりさめてしまった味噌汁を飲み、茶碗にこびりついた米粒をかき集めて口にいれ、食器を流しに運んだ。おれはそんなに最低の男だって言いたいのかえっ、と松本夫の声が聞こえる。彼は白熱してくると、語尾に「え」の音を発音するので、わたしはいつも京女を連想してしまう。「違うかえっ」だの「どういう意味だえっ」だの。なぜだろう。

「帰ってきて、となりがどうしたの、だれがどうしたの、ワイドショーみたいな話ばっかり聞かされると、本当なんていうか、がっかりするんだよ、おれは」

　口の中でつぶやいている父親の背中をわたしは見る。母親の噂《うわさ》好きをこの人は嫌悪している、この人はもう彼女のことをかけらだって理解しようとはしないのだろう、母親もそのことはきっと知っているに違いない、そんなことを考える。ひょっとしたら二人がここに作りあげた家庭は、いつか彼らが心に思い描いたものと違っているのかもしれない、二人ともそのことをよく知っているのかもしれない。それでも、たとえばわたしが学校を出て就職しても、二人は熟年離婚などしないんだろうなあと、ぼんやり思う。

おとうさん、と呼んでも彼はふりかえらない。なんだ、とうしろ姿のままで訊く。

「あのねわたしの友達のおねえさんね、一人でアパート借りて住んでるの、下のカップルがいつもけんかしていて、助けて助けてって女の人の悲鳴がいつも聞こえるんだけど、毎度のことだから無視してたんだって、そしたらある日ね、警察の人がおねえさんを訪ねてきて、下のカップルについていろいろ訊くんだって、下の女の人、その日殺されてたんだって」

わたしは言った。父は何も言わない。母は私を見る。こわいわねえ、と言いかけた母親を遮って、だからなんなんだ、と父親が不機嫌な声を出した。

十一時にベッドに横になる。松本夫婦のけんかはまだ続いている。松本夫はさっきよりもおさえた声で松本妻を責めている。松本妻は泣いている。ときおり、壁や床や家のどこかの部分をげんこで殴るような音が聞こえた。松本夫婦はわたしができなかったみたいな駆け落ちをしてこの町にきたのかもしれない。実際二人はそれくらい若く見えるし、友達も家族もだれも訪ねてこない。だとしたら松本妻は道を踏み外したのだろうか。知り合いの一人もいない川辺や商店街を歩きながら、松本妻はいつのまにか空白の中にいることに気づいて呆然とするのだろうか。

父親にさっき話した話はうそだった。どうしてあんな話を思いついて彼にしたのかわからない。でもわたしはいらいらしたのだ。彼は永遠とは程遠い何かを無頓着に永遠だと信じこんでいる。自分やものごとや周囲や、だれかが突然かわってしまうことに知らないふりをしている、もしくは、そんなことはないと思いこもうとしている。自分が道を踏み外すことなんかないと思っている。たとえこの家庭が自分の望んだものと少々違うものであったとしても、何もかわらずずっと続いていくのだと、怠惰に似た無邪気さで思いこんでいる。そしてそのことはわたしが今もっともおそれていることだった。

月曜日に学校にいくと、森田次男はまったくいつものままですごしていて、けれど徹底的にわたしを避けていた。わたしは彼を愛しているわけではないから、そのこと自体には傷つかなかったけれど、毎日がまた駆け落ち以前と同じくまわりはじめたことに少々傷ついた。女友達と休み時間に雑誌を眺め、買い物の約束をし、だれかのうわさ話をし、教師が教壇に立って受験のことや校則のことなんかをしゃべった。だれもわたしの駆け落ち計画を知らなかった。本当はわたしはここにいなかったかもしれないのだとだれも考えてはいなかった。

すみれさんに聞いた依田くんの同僚の話をときおり思い出した。美術室に向かう途中の廊下で、購買部にシャープペンシルの芯を買いにいって順番待ちをしているとき、黒板に残った消し残しの文字を眺めながら、ふと、次の一瞬、わたしはあーとかぎゃーとか叫び出して、おまえらの魂胆はわかっている、とかなんとか言って暴れるかもしれない、と思った。その光景は記憶みたいにはっきり思い浮かべることができた。驚く級友、取り押さえにかかる正義感の強いだれか、先生を呼びに走るだれか、好奇心に満ちた目でわたしを見にくる学校じゅうの生徒たち、その真ん中に、けっしてこの場所へ戻ってくることができない頭のおかしくなったわたし。そんなことを思い浮かべては、予想したとおり、わたしは軽い恐怖を味わった。けれどわたしは叫びも暴れもせずに、学校へきて友達としゃべり、授業を受けて弁当を広げ、下校時間にまた校門をくぐるのだった。

一週間たっても十日たっても森田次男はわたしを避け続けていて、しまいには、わたしはどういういきさつで彼と駆け落ちの約束などしたのだったか、自分でもわからなくなっていた。いつかベッドの中で思い浮かべた彼の指、前歯、声、平たい足、それらはだれかほかの人の持ちものであるように思えた。だれもいない廊下で彼とすれ違うとき、けっしてわたしのほうを見ようとしない彼に向かって、言ってあげたかった。道を踏み外せなかったからって、そこにいつづけることを選んだからといって、恥ずかしがらなくてもいいんだよと、言ってあげたかった。

父親が家を出てからきっかり五分後に、玄関を出る。彼と一緒に出れば一本前のバスに乗れるのだけれど、そうするのがいやで、わたしはいつも父を見送ってから五分間時計を眺めている。

玄関を出て数メートル先のゴミ捨て場のところで、松本妻と出会った。松本妻はしゃがみこんで、からすがさんざん散らかしていったゴミをまとめていた。ふりかえり、にこりとほほえんで、おはようございます、と小さな声で言った。わたしもそう言って頭を下げた。松本妻の左目の下に青タンがあった。おはようございますと言ったあと、ほほえみを顔にはりつけたまま、松本妻は清潔なものを見るような目でわたしを見た。雑貨屋で真っ白なテーブルクロスを広げたり、糊付《のりづ》けされたシーツを手でなぞるような顔つきだった。

あなたは道を踏み外して今そこにいるの？　こうなることを十七歳のときに予想していなかった？　ゴミをかき集めながらどうしてこんなことになったのかと思うことある？　と、青タンの松本妻に訊きたかったが、もちろんそんなことを訊けるはずもなく、彼女の目つきに応えるように、わたしは胸をはって、毎日が楽しくてしかたのない高校生っぽく歩いた。バス停に向かいながら、わたしは今日も同じように家に帰って、夕飯の席で母親に、松本妻の左目の下に青タンがあったことを報告するのだろうと思った。たぶん、今日学校で急に頭がおかしくなったりしなければ。

弁当を食べたあと、友達の雑談には加わらず、自分の席で、机に頰っぺたを押しつけてじっとしていた。机はひんやりとしていて、ニスのにおいがかすかにした。だれかが彫りこんだ落書きがあった。なすあたま、と書いてあった。ずいぶん古いものに思えた。なすあたま、と、わたしはその文字を幾度も目でなぞった。これを書いた人は今もこの学校にいるんだろうか、それとも、卒業して、働いていたり大学に通ったりしているんだろうか。そんなことを考えているうち、わたしはふとそうしたくなって、かばんを持って教室を出た。

下校時にそうするように靴を履きかえて、昼休みの喧騒を背に校門をくぐり、のっぺりと日向の伸びた商店街を歩いて駅までいき、家へ戻る電車に乗った。電車をおりてバス停に立ち、バスがくるまでに、こんな時間に帰ったら母親がいぶかしむだろうと急に気づいた。それで、バスを待たずに歩き出した。

途中、細長い川が流れている。子どものころはよく遊びにきたけれど、今はバスの窓から見ているだけだ。濁った茶色い水が流れている。橋を渡らずに、わたしは川原におりた。雑草が生い茂っている。今はかろうじて緑色だけれどあとひと月もすればこの雑草は茶色く色をかえる。バスの窓から見る川原はひどく寂しい景色になる。

かばんを投げ出し、川原に仰向けに寝転んだ。空が高い。白い細い線をひっぱって飛行機が飛んでいく。腕を持ち上げて時計を見ると、ちょうど五時間目がはじまる時間だった。わたしがそこにいないことを、だれも気づかないかもしれないと思った。

橋の上を、自転車の前とうしろに子どもを乗せたおばさんが通り過ぎていく。曲芸みたいだ。買い物袋をさげたおじいさんがよたよたと歩いていく。バスが通る。うちに帰るときに乗るバスだ。バスは空いていた。乗る人がいなくてもバスは走るんだなあ。

のたついた足取りで橋を渡っていく女の人が、すみれさんだとすぐに気づいて、わたしは彼女の名前を呼んだ。すみれさんはきょろきょろとあたりを見まわし、橋の欄干に身を乗り出すようにしてやっぱりきょろきょろと視線を動かし、寝そべっているわたしを見つけて不思議そうな顔で眺めた。わたしは仰向けのままで手をふった。彼女は手をふりながら川原におりてきた。

「やーだー、何してるの」すみれさんは高い声で言ってわたしのとなりに座った。

何をしているわけでもないわたしは、ははは、と発音するようにして笑った。

「すみれさん、仕事は?」

「早退《はやび》けしたの、体調が悪くて、お医者さんにいってたのよ」

「だいじょうぶ？」わたしは訊いた。すみれさんはわたしを真顔でのぞきこんで、

「子どもができてた」そう言って、やっぱり発音するみたいに、ははは、と笑った。

すみれさんはさっきわたしがそうしたようにショルダーバッグを草の上に投げ出して、わたしのとなりに寝転がる。子どもができるということは性交渉があるということで、別居だの離婚だのというのはなんだったんだろう、とわたしはよけいなお世話だが思った。続けて、すみれさん妊娠したって、と母親に報告する自分を思い描いた。そのときっとわたしは母とそっくりの顔をしているのだろうな、と続けて思った。

「困っちゃうなあ」

言葉のわりにはまったく困っていない口調ですみれさんはつぶやき、空の一点を凝視している。さっき飛行機の残していった白い線は、空の青に飲みこまれるようにゆっくりと消えていく。寝転がったまま、全身に力をいれて、大きく口を開き、ぎゃーっ、とわたしは叫んでみた。すみれさんは飛び起きてわたしを見て、どうしたのよ、と訊いた。わたしはそれには答えず、両手で頭をかきむしって、ぎゃああー、と叫び続けた。すみれさんはわたしの肩を揺さぶり、何よ、どうしたのよ、と真剣な顔で訊く。すみれさんの顔にくっきりと恐怖が刻みこまれているのを確認して、わたしは叫ぶのをやめた。

「やってみただけ。声出すと気持ちいい」

「もうー、おかしくなっちゃったのかって、一瞬までこわかった」すみれさんは言ってから、もう一度寝転がり、やっぱり突然、ぎゃあーっと自分も声を出した。目を見開き、両手をかたく握りしめて、ぎゃああ――っ、と叫んでいる。その姿がおかしくてわたしは笑った。すみれさんも笑い出してしまい、叫び声はとだえた。

「あああ――っ」わたしはもう一度叫んだ。

「ぎゃあああ――っ」負けまいとするようにすみれさんも叫ぶ。

橋を渡るおばさんが、不気味なものを見る目つきでわたしたちを見下ろし、急ぎ足で橋を渡っていった。買い物カートを押すおばあさんが足を止めて、ずいぶん長いことわたしたちを見下ろしていたが、わたしたちは頭のおかしくなったまねをやめなかった。橋の上からわたしたちを見下ろす人々の目つきを見て、それからとなりで叫び続けているすみれさんをちらりと見ると、次の瞬間にでも本当に彼女は体だけここに残して、意識をどこか遠くへ飛ばしてしまいそうに思えた。わたしもまた、息を大きく吸いこんだとたん本当に何もかもわからなくなりそうな気がした。自分がだれで、ここがどこで、となりにいるのがだれなのか。

道を踏み外すというのはそれほどむずかしいことでもなくて、だれでもこんなふうに毎日、道を踏み外し続けているのかもしれない。

頭の上に広がる空に両手を広げると、そのまま、真っ青な空の奥まで落ちていってしまいそうな気がした。空の底ってどんな感じなんだろう、と、わたしは子どもみたいなことを考えていた。

トリップ

太郎のために借りたディズニーの『ファンタジア』というアニメを、LSDを飲んであたしは観ている。太郎は和室で眠っている。タオルケットをかけて、口を半開きにして、すこやかな呼吸をくりかえしている。眠っている太郎はひどく健全だ。健全な太郎が眠る和室は、神殿みたいな気がする。美しく、崇高で、でもどこか観念によってしか存在しえない何かみたいで、太郎が眠っている部屋にあたしは入る気にならないし、本当のことをいうと一緒に眠るのもいやだ。夫はあたしのこういう考えかたをきらう。

ディズニーとLSDの組み合わせの発見は、『不思議の国のアリス』のビデオを太郎と一緒に観ているときだった。これを作った人は絶対に幻覚症状のともなう薬物を使用した経験があるに違いない、とあたしは確信し、夕飯のとき、夫に言った。おれもそう思ってたよ、と彼は言った。たとえばだれだれ（と彼はあたしの知らないアニメーション作家の名前をあげた）だと自然を忠実に摸写する感じがするけれど、ディズニーは違う。あれは、幻覚症状に似ている。と彼は言った。おもしろがっているようだった。

しかし実際LSDが手元にあると話は違い、夫はそれをひどく嫌悪した。おれたち、もうそういうことを楽しめる年じゃないと思う、と彼は言った。少なくともおれはそういうことを楽しめない、と続けた。

楽しみたいのではなくて、これを食べてディズニー映画を観たかったのだと、反論しようと思ったがしなかった。こういう場合あたしたちの言葉は通じない。通じるつもりになって口論をはじめると、とんでもない事態になる。天気や物価、テレビ番組や仕事仲間、そういう話なら言葉は通じる。ユーロ貨幣みたいに。

Lを送ってくれるのはフラニーだ。学生のとき、半年だけあたしはアメリカ留学をして、そのときできた唯一の友達が彼女だった。Eメールで頼めば彼女は小包を送ってくれる。スナック菓子や、缶詰や、Tシャツや、インスタント食品なんかが入っているがそれらは全部カモフラージュで、一番重要なのは同封されている雑誌である。数冊入っている雑誌をぱらぱらめくると、そのなかのどれかに、LSDのシートがはさんである。ばれたことは今まで一度もない。

太郎が生まれる前はあたしと夫はよく一緒にそれを食べた。しっかりと手をつないで深夜の町を徘徊《はいかい》したり、それから、オールナイト映画を観にいったりした。フラニーの送ってくれるものはそのときそのときで種類が違い、苺《いちご》の絵や、パンダの絵や、何も書かれていないものがあり、それらの図柄の意味は不明だったが、きくものも、まったくきかないものもあった。性欲だけが妙に刺激されるものもあれば、聴覚がやけに敏感になるものもあった。

ときおりあたしはつないだ手の先にいるのがだれだかわからなくなることがあった。それはきまって視覚に一番変化が起きるしろものを食べたときで、葉についた雨のしずくや、砂利敷きの道や、微細なものが強調される様を眺めていると、右手がだれかの掌をしっかり握っている感覚は意識できるが、そこにいるのがだれなのかがわからない。おもしろいくらいにわからない。葉や、小石や、川や、ときにはスクリーンや町のネオンサインを眺めながら、それがだれだって関係がないじゃないか、と思った。大事なのはそこにいるのがだれかではなくて、あたしの掌がだれかとつながっていることだと。

けれど太郎が生まれてから、夫はそういうすべてを嫌悪するようになった。だからあたしは彼に黙ってフラニーと連絡を取る。彼に黙ってLを食べる。しかしきっと彼は気づいている。自分の妻がEメールでヒッピー崩れのアメリカ人からドラッグを買い、ひそかに酩酊《めいてい》状態に陥っていることを知っている。知っていて、知らないふりをしている。紳士的な人なんだと思う。

ひょっとしたら、彼は後悔しているかもしれない。薬物に依存しているらしい女を妻として選んだことを、たとえば会社の男子トイレで、昼食後の「ドトール」で、人のあふれた駅のホームで、ひどく悔やんでいるかもしれない。恋人ならよかったのだ、本当にときたま、一緒に視覚や聴覚の変化を感じるのは楽しかったし、実際ハイにもなった、それはそれで貴重な経験だったしいとしい思い出だ、けれどぼくらはすでに年をとり、父親であり母親である、それなのに彼女はやめようとしない、あれはどこかおかしいに違いない、やばい選択をしてしまったのかもしれない、そう思っているだろう。あたしはフラニーの送るいろんな種類のＬＳＤに依存しているわけではない。楽しい、とか、ハイになる、ことを目的にしているのでもない。だからもちろん、何歳まではそれを許可され、何歳以上はやめなくてはならないとか、そうした考えかた自体がよく理解できない。

あたしたちの多くの言葉は外国紙幣みたいになる。円からルピーへ。バーツからドルへ。元からディラハムへ。両替は可能であり価値は変わらないが次第に意味不明になってくる。理解不能な記号になってくる。手数料や何かで少しずつ、少しずつ、手持ちの金額は減り続けている。そうしていつか、紙幣そのものが、ただの紙切れみたいに感じられてくる。

『ファンタジア』を流すテレビ画面はそれほど変わらない。視覚に変化はない。けれど目を閉じると、世界が反転したみたいに、現実よりもっとくっきりした色合いでいろんなかたちや線や光がくるくるとまわる。寝転がって目を閉じ、そのようすを味わう。世界はふっと無音になる。いっさいの音が消え、意味不明の色と形が組み合わさったりほぐれたりしながらまぶたの裏を流れる。何か思い出しかける。

遠く、耳鳴りみたいな音が聞こえ、無音の世界が消滅していくのを知る。耳鳴りは和室から響いてくる。太郎のぐずる声だ。どうやら目を覚ましたらしい。

気づかないふりをしてほうっておくが、声は次第に大きくなり、やがて、ぎょわーん、ぎょわーんと発音するように泣きはじめる。和室へいって、泣く太郎を力いっぱい抱きしめる。太郎の嗚咽《おえつ》であたしの胸のあたりは生温《なまあたたか》く、湿っぽい。背中を小さく叩く。ママー、ママー、ママー、泣き声は単語にかわっていく。

ビデオを返しがてら、太郎の手を引いて夕食の買いものにいく。太郎は湿った小さな掌をあたしの手にしっかりと絡ませている。声をあわせてアニメの主題歌をうたう。

あたしたちのわきをバスが通りすぎ、自転車が通りすぎる。音程の頼りない太郎の声に声を重ねて、今日は何を食べようかと考える。生姜焼《しょうがや》き。ハンバーグ。煮魚。

バスや車の騒音の合間に、だれかがだれかを大声で呼んでいるような声が聞こえる。アニメソングをおしまいまでうたい、太郎はもう一度くりかえす。うたいたくないのにあたしの手を引いて一緒にうたうことを要求する。しぶしぶ、もう一度最初からあたしはうたう。川にさしかかる。川にかかる橋を渡れば、ビデオ屋があり商店街がありスーパーマーケットがある。橋の欄干によりかかるようにして下を見下ろすと、草の生い茂った土手に女子高生とそんなに若くはない女が並んで寝転んで、意味不明なことを叫んで笑っていた。あたしはしばらく彼女たちを眺めた。しあわせそうに見えた。

「何してるの？」太郎がか細い声で訊く。

何してるかって？　だれが？　彼女たちが？　あたしが？　太郎を問い詰めたくなるのをこらえて、少し音量をあげてアニメソングをうたう。太郎もあわててそれにあわせる。のらくらした足取りで、橋を渡る。土手に寝転んだなぞの二人の叫び声が、遠のいていく。バスがあたしたちを追い越し、土埃《つちぼこり》が舞い上がる。Lのせいで頭がぼんやりしている。生姜焼き。ハンバーグ。煮魚。

橋を渡るあたしの頭のなかに、ぼんやりと光景が像を結ぶ。二つの光景がねじりドーナツみたいに絡まりあって浮かんでくる。ひとつは「レストラン四季」でもうひとつは名のない、だだっ広い食堂である。ふたつとも、K大学病院の食堂だ。

ふたつの食堂のことをあたしはときおり思い出す。ドラッグの醒めかけのぼんやりしたときとか、眠気が足元からゆっくり這《は》い上がってくるときとか、昼寝からさめた夕暮れの部屋のなかとか、きまって現実とそうでないものの境界線があいまいなときに、そのふたつの食堂は、あぶり出しの絵みたいに頭のなかにあらわれてくる。

レストラン四季は、入院患者の見舞い客専用の入り口わきにあり、少しばかりしゃれていた。店内は薄暗く、汚れのない、深紅《しんく》の絨毯《じゅうたん》が敷かれていて、座席は充分なスペースをとって並べられていた。シャンデリアの趣味も悪くなかった。ウェイトレスたちの制服が、ロマンスカーの売り子さんを思わせたが、あとはすべて、そこが病院だということが不自然なくらい、きちんとした内装のレストランだった。

もうひとつ、名のない食堂は地下にあり、学生食堂みたいに広くて、無機質で、蛍光灯がいつも必要以上にぎらぎらしていた。食器はすべてプラスチックで、入り口に、埃の積もったメニューサンプルのショーケースがあった。配膳口と反対側に大きな窓があり、けれどそこは地下だったから、見えるのは灰色の壁だけだった。

ふたつの食堂の違いは、メニューの値段をあげればもっともわかりやすい。四季のハンバーグセットは千八百円だった。地下食堂のカツ丼は四百二十円だった。あたしは二ヶ月ほど、ほとんどすべての食事をこの食堂ですませていたことがある。

朝のレストラン四季ならモーニングセットだった。フレンチトーストとかサンドイッチとかクロックムッシュとか、パンの種類は毎回違って、それにサラダとコーヒーがついた。地下食堂の朝は和食で、納豆六十円、海苔《のり》五十円、目玉焼き百二十円、ひじき八十円、味噌汁百五十円、なんていうそれらを好き勝手に組み合わせてオリジナル朝定食を作る。あたしの一日はそのどちらかの朝食からはじまった。

その二ヶ月間、あたしは食べもののことしか考えていなかった。朝食を食べ終えると、昼飯は何にしようかと考えていた。レストラン四季のメニューを頭のなかで広げて隅から隅まで思い描き、地下食堂のガラスのショーケースを思い浮かべて蠟細工《ろうざいく》のサンプルをひとつずつ眺め、十二時までの数時間、何を食べるかじっくりと決めた。昼食が終わるとおやつだ。レストラン四季にはアップルパイやチョコレートパフェがあり、地下食堂にはところてんやソーダフロートがあった。それらを口に運びいれながらあたしは夕食のことを考えていた。生姜焼き。ハンバーグ。煮魚。選択肢は無限にあるように思えた。

しかし、おいしいと思えるものはひとつもなかった。何を食べても同じ味だった。二千三百円のフィレステーキも、六十円の納豆も同じ味がした。レストラン四季や地下食堂の名誉のために言えば、それらが違う場所にあればあたしの感想もきっと異なったはずだ。たとえば大通りの一角とか、ファッションビルとか、繁華街の路地裏とかだったら、ハンバーグはハンバーグの味がしただろうし、ひじきはひじきの、カツ丼はカツ丼の、かぼちゃのポタージュはかぼちゃのポタージュの味がして、ひょっとしたら、おいしい、と思わず口にしていたかもしれない。

レストラン四季も地下食堂も病院のなかに存在している、ということが致命的だった。病院のなかはどこもかしこも同じにおいがした。入り口も、病室も、待合室も、トイレも廊下も診察室も、薬と病の混じりあったにおいだった。苦甘い、透明度のない、反省を促すようなにおいで、それは、レストラン四季も地下食堂も例外ではなかった。そのにおいは鼻に栓をするみたいにきつく充満していて、嗅覚を狂わせ、舌をしびれさせた。

たったひとりで食事をしながらよく考えた。あたしが選ぶことのできるものなんてあるのだろうか。チョコレートパフェや、豚汁や、白身魚のパイ包みや、ハンバーグ茸ソースや、そんなあれこれを選んだつもりになっているけれど、そのどれもが同じ味しかしないのだ。何ひとつ選んでいないことと変わりがないのではないか。けれどやはり、朝食が終われば昼飯のことを、それが終わればおやつのことを考え、飽きずにメニューを思い浮かべるのだった。

高校はちょうど、大学受験のための自由登校になっていた。だから、あたしは毎日朝早く制服を着て、高校へ向かうバスと反対のバスに乗り、電車を乗り継いで病院にいった。そして真っ先にレストラン四季か地下食堂へ、朝食を食べるべく向かった。朝食後は七階のロビーで座ったまま眠るか、眠くないときは病院内をうろついた。レントゲン室へ続く、床にはられた緑のテープを踏んで歩いてみたり、電光掲示板が点滅している薬の受け渡し室に座っていたりした。

二ヶ月であたしは六キロ太った。七階の個室に入院していた父は、あたしが太ったぶんやせて、それから、あたしを追いかけるように太りはじめ（正確に言えばむくみはじめ）、追い越して太り続けていた。父の病室は、病院内のにおいを五十倍に煮詰めたようなにおいがした。何かが急速に腐りはじめ、何かがその腐敗を止めようとしている、その二つが強烈に混じりあったにおいで、それは細かい雨みたいに、病室のなかのあたしの全身を浸す。死のにおいだ、とあたしは思った。これが死のにおいだと。そして朝食や夕食にどちらかの食堂にいって、病院のにおいを嗅ぎながら味のしない食品を口にいれ、ゆっくりと咀嚼《そしゃく》しながら、あたしは死を食べているのだと思った。死を食べて太り続けている。

病院のなかのどちらかの食堂で食事をしている自分を思い出すとき、不思議とその光景には音がなく、ひとけがない。食器のぶつかりあう音も、プラスチックの食器を洗う音も、人々の談笑も聞こえない。待合室のにぎわいも、レストラン四季のＢＧＭも、なにも聞こえない。どんな音があふれていたのかまったく思い出せない。完璧な静けさのなかであたしはひとり食事をし、父はベッドで眠っている。

母親も大学生だった姉も、付き添ったり見舞いにきていたりしたのだから、だれもいなかったはずはないのに、あたしの思い出す光景のどこにも彼女たちはいない。看護婦もいない、午前中に歩きまわった外来棟や薬を受け渡すだだっ広いフロアや、待合室やエレベーターにも人はいない。ＳＦの近未来の町みたいに人の気配がない。

Ｋ大学病院にいるのは、食堂でただひとり黙々と食事をしているあたしと、ベッドの上に眠る、もとの大きさの一・五倍くらいにむくんだ父親だけだ。そしてあのにおい。病院のにおい。父の部屋の枕にもベッドカバーにも、レストラン四季のフォークにもグラスにも、地下食堂のプラスチックの湯飲みにもこびりついた、あそこでしか嗅ぐことのできない濃厚なにおい。

現実とそうでないものの境界線があいまいなときに、この光景を思い出すと、そこにだれもいない、そのために、あたしはじっと待っているように思えてくる。父が死ぬのを、死が支配するのを、死を食べ続けながら、太り続けながら。そして光景はＫ大病院を発端にするすると巻き戻され、音もひとけもないまま中学生だったり小学生だったりするあたしを映して、なんだか自分が、あの広い病院で父親の死を待つためだけに生まれてきたような気がしはじめるのだ。何ひとつの可能性も選択権も持たず、ただだれかの死を待つために生まれ、成長してきたような。

「太郎、生姜焼きと、お魚とハンバーグだったらどれがいい?」あたしの膝小僧のあたりでちょこちょこと歩く彼に訊く。うーんとね、うーんとね、と太郎はくりかえし、「たまご焼き!」と叫ぶ。太郎は肉も魚も嫌いなのだ。

「あたしはいやだな、たまご焼きの夕食なんか」

「えーなんでえー? なんでえー? ママ、なんでえー?」

太郎は握ったあたしの手を大きくふりまわしながら訊く。なんでー地獄がはじまってしまった。このごろ太郎はこればっかりだ。なんでえー、なんでえー、ママ、なんでえー、と、十五分でも二十分でも言い続ける。

「なんでって、あたしはたまごなんかより魚のほうが好きなんだもん。魚より肉のほうが好きだけど」

「なんでえーなんでえー? ママ、なんでたまごいやなのおー? ねえ、なんでえー?」

太郎はあたしを見ずに声をあげる。商店街が見えてくる。肉屋の、大安売りの赤いのぼりが見える。だんごの甘いたれのにおいが漂ってくる。高校生が数人、道端にしゃがみこんでたこやきを食べている。すべての色合いが淡く、今にも溶けて混じりあっていきそうだ。世界はまだあたしから遠い。

「ねえママ、なんでえー？　なんでえー？　なんでえー？」

まずビデオ屋。きっと太郎が『アンパンマン』か列車のビデオを借りたがるだろう。なんとかして阻止しよう。それから野菜の値段をチェックしつつ商店街を抜けて、スーパーだ。スーパーへいくまでには本当に献立を決めないといけない。

「ねえママ、なんでえーなんでえー？　ねえ、なんでえー？」

どうして結婚したのかと、どうして家庭をつくろうと思ったのかと、ときおり疑問に思うことがある。それは後悔ではなく、純粋な疑問だ。きっと今と逆のことをしていても、同じ疑問を抱いたと思う。どうして結婚しないのか、どうして家庭をつくろうとしないのか。つまるところ、あたしは高校生だったあのときと同じことを考えている。いったいあたしに選択権なんてものがあるのだろうか。何かを選んだつもりで、結局何ひとつ選んではいないのではないか。選択権も可能性も持たず、ただただ、待つためにここにいるのではないか。

待つ。何を?

夫が帰ってきたのは十一時近くで、太郎はもう眠っていた。あたしは夫の向かいに座り、彼が食事をするのを見守る。彼は「三角食べ」をする。一口カツ、ほうれん草の胡麻和《ごまあ》え、たことトマトのサラダ、という三品のおかずを三角形のかたちに並べ、箸で正確に三角を描くようにして食べるのだ。小学校の、給食のときにそう食べるように教師に教えられたのだと言う。あたしはそんなことは聞いたことがない。はじめて一緒に食事をしたとき、三角を無限に描くようなその食べかたを、ひどく美しいと思った。

「今日、やしろ橋あるでしょ、あの橋の下で、高校の制服着た女の子と、二十代くらいの女が二人、寝そべって、あーとかぎゃーとか叫んでたよ。へんでしょ?」

あたしが言うと、夫はグラスにビールを注いでいた手を止めて、ちらりとこちらを見る。それから、何も聞かなかったようにビールを勢いよく喉《のど》に流しこむ。上唇に白い泡をはりつけて、満足気な息を吐く。

「まだ日中は全然蒸し暑いからな、ビールがうまいわ」と彼は言う。「今年は残暑が長引くらしいな」

彼はあたしがまたラリって何か奇妙なものを見たのだと思っているのだ。たしかに、あの光景が本当に現実のものだったかそうでないかと問い詰められれば自信がない。

こんなふうに、夫と話しているとときおりあたしは不安になる。あたしの話す何が現実で、何がそうでないのか。言葉が通じることを確かめるように天気や物価、テレビ番組や仕事仲間の話を夫はするが、そのほかのこと、あたしが話す日々のことは、どこかがおかしいのだろうか？　醒めない酩酊状態で、あるはずのないものを見てすごしているのだろうか？

「きゅうりの漬物があるの、忘れてた。いる？」あたしは言う。

「お、いいね」ほっとした表情で夫は言う。その顔を見て急に夫が憎らしくなる。冷蔵庫をあさり、漬物を取り出しながら、あたしは話し続ける。

「それでスーパーにいった帰り道、あの四つ角のところで、またあの男に会ったんだけど、今日も無視してやったわ。でも、どうなんだろ？　太郎のことを本当に考えたら、あの男との取り引きに応じたほうがいいんだろうか？」

夫の前の三角形の真ん中に、漬物の皿を置いて彼の目をじっとのぞきこむ。彼は動揺している。あたしをうかがい、薬物が残っているのか確かめている。無視すべきか、相手をするべきか、瞬間迷っている。それらがわかる程度には、あたしはいつだって醒めている。

「なんの話をしているんだ?」夫は訊く。あたしにどこかおどおどした視線を向けて。

「前も話したじゃない、だんご屋の先の四つ角に立ってる、魂の売人のことだよ」

あたしは言う。狂っている、酩酊しているふりをして言う。夫はきゅうりの皿に視線を移す。

「おまえ、本当に、いい加減にしとけよ。太郎もうすぐ小学校だぞ」三角形の中央に箸を伸ばして、うんざりしたように夫は言う。あたしと結婚したことを後悔していることが理解できる。ビールを飲み、ひそやかに三角食べを続けながら、深夜近くの食卓で、彼がかつてあったはずのほかの可能性について思いをめぐらしていることがわかる。あたしと結婚しなかった可能性。あたしと子供を作らなかった可能性。あたしたちはふたたび、弱々しくたがいの目を見つめあう。愛を確かめあうためにではなく、たがいの瞳の向こうに広がる、無限の闇に目を凝らすように。


太郎がまだ生まれるまえ、あたしと夫は都心の狭苦しいアパートに住んでいた。そのころ一度だけあたしはひどいバッド・トリップを経験した。嘔吐《おうと》し、幻覚に震え、夫にしがみついて何時間も泣いた。夫はずっとあたしの背中をさすり続けていた。

高校生のときの父親の死の原因は、病気ではなく、あたしが殺したのだと強く錯覚したのだった。酩酊状態のなかでしかしそれは錯覚ではなく、かぎりなく実際の記憶に近かった。あたしは点滴や薬物で一・五倍にふくれあがった父親を、病院の風呂場に沈めて殺したのだった。両方の掌にはそのときの感触がリアルに残っていた。彼に馬乗りになり、起き上がろうともがく父親の腕を押さえ顔を押さえ、腹を押さえ、ばたつく足を力いっぱい蹴った。彼の腕も顔も、むくんでぶよぶよした風船みたいな手ざわりだった。腹は水のつまった布袋みたいだった。あたしはなんの感慨もなく、ロボットみたいに淡々と業務を遂行する。こうするほかになんの可能性も選択権もないのだ。

思ったより簡単に父親は沈んでいった。そのあまりのあっけなさに、あたしは自分が異様に太っていることに気づく。レストラン四季と地下食堂の食事で、とんでもない大女になっているのだった。風呂場に沈んでいった父は、それでもむくんだ手を伸ばして、信じがたい力であたしの手首をつかむ。つかみ、あたしもひきずりこもうとする。そのとき、あたしは気づく。あたしが父を沈めたのは風呂場ではなく、もっと広大な、果てのない湖で、水はぞっとするほど冷たく、暗い色をしている。あたしは手首に絡まりついた彼の手をほどこうと、必死でもがく。けれど次第にあたしは沈んでいく。

その光景は、いつも思い出す病院と同じく、無音だ。雪の日の深夜みたいに、すべての音はどこかに吸いこまれて何も聞こえない。そしてそこにはあたしと父以外だれもいない。あたしは静かに湖のなかにひきずりこまれていく。水はどす黒くぬるりとしている。

それらはすべてリアルな記憶として襲いかかり、あたしを苦しめた。あたしは狭苦しいアパートの一室で、父が沈んでいった巨大な湖に飲みこまれないように、震えながら夫にしがみついていたのだった。

薬の効き目が完全に切れてから、はじめて経験したバッド・トリップを冗談にして笑おうとしたが、できなかった。あの、冷たく暗い、ぽっかり口を開いた巨大な空洞に似た、果てのない湖は無だと思った。そしてそれは、薬によって出現したのではなくてあたしに内含されているに違いなかった。そのことをあたしは笑うことができなかったし、夫に言うことすらできなかった。自分のうちにそうしたものが広がっていることを、知られたくなかった。

ひょっとしたらあたしはいまだに、徐々に冷たい湖に沈んでいくあたしを、ひっぱりあげてくれるだれかの手を待っているのかもしれない。覆いかぶさって父を沈めたくせに、差し出された手を思いきり握りかえして、だれかとつながっていると思いたい、そのために、フラニーと連絡をとり続けているのかもしれない。

橋の途中で急にあたしの手を引くようにして太郎が立ち止まり、橋の下をのぞく。

「どうしたの」あたしは訊いた。

「あのね、ナッはーこわいこわいって言って下にいるの、下だとこわくないからねー」か細い、甘いにおいのしそうな声で太郎は言う。何を言っているのかあたしにはわからない。

「ナッって何？　お友達？」

「えーママはナッを知らないのー？　ナッはー、門の向こうのー、えーとえーとあのー」

太郎はうまく説明できなくて自分にいらだちはじめる。えーとえーとあのー、をしばらくくりかえし、はたと思いついたように、「なんでえー？　なんでえー？」とはじめる。「なんでえー？　なんでママは知らないのー？　ねえなんでえー？」

橋の上であたしを見上げて「なんでー」とくりかえす小さな男の子を、しゃがみこんで抱きすくめる。そうされることを予想していなかったらしい太郎はびくっとからだをこわばらせて、されるがままになっている。

こんなに小さい。入れものとして、こんなに小さいのだ。あたしもかつてこんなに小さかったはずだ。言葉も、不安も、絶望も、かなしみも、入りきらないくらいに。

ましてバッド・トリップの最中にあたしが垣間見た無限の闇なんか、この入れもののどこにも含まれていなかったはずだ。いったいいつからだろう。いつからあたしは自身のなかにそれらを培養し繁殖させていたのだろう。そして太郎はいつからそうするのだろう。

「痛い痛いっ」太郎は言ってあたしから体を離そうともがく。

「夜ごはん何にしようか」

太郎の体を離し、しゃがみこんだままあたしは訊く。

「だってナツのことはないしょなんだもん、すぐこわがるからナツは」

太郎は言う。

「何を？　だれが何をこわがるの？」

「だからあー……あのねえバナナ、バナナが食べたい」

「電話して訊いてみようか、パパに、何が食べたいですかって」

「パパはさー、死んだふりするんだよー、こないだパパはさー」

「怒られるかな、そんなことで、会社に電話したらさあ？」

「怒らない、怒らないよー」

あたしは太郎の小さな手を引いて歩きはじめる。あたしたちの会話はこうして成り立ったり成り立たなかったりして無数に積み重ねられていく。橋を渡りきったところに、電話ボックスがある。財布のなかに入っている、夫の名刺を思い浮かべる。お昼何食べた？　夜は何食べたい？　怒られてもいいから、電話をしてみようかと思う。
むっとした熱気のこもる四角い箱のなかで、あたしは呼び出し音を聞く。太郎はあたしの足にしがみついて、まっすぐこちらを見上げている。バスが通りすぎ、前とうしろに子どもを乗せた主婦が自転車で通りすぎていく。町は橙《だいだい》に染まりはじめている。

　何一つ選べずにここにきたのではなく、選んできたのだと、それがよいものでもそうでないものでもそれを選んできたのだと、いつか言えるときがくるんだろうかと突然あたしは思う。おたがいの瞳の向こうに広がるどこまでも無に近い空洞から目をそむけずに、闇両替みたいな、たよりない言葉の交換を続けながら、いつか。

　呼び出し音を数えて足元の太郎と目をあわせる。あたしは一瞬、夫と見つめあうように彼の目をじっとのぞきこむ。太郎の薄茶色い目に、淡く小さくあたしが映っている。

橋の向こうの墓地

この町の商店街にコロッケを売っている店は七軒あって、そのうち三軒は肉屋が扱っており、二軒は弁当屋、一軒は惣菜屋、のこりはコロッケ専門店で、おれはそのなかで、中島精肉店のコロッケが一番うまいと思っている。ころもがざくざくしていて、芋が甘くない、肉もたっぷり入っているし、小さすぎず大きすぎず、値段も八十円だから手頃だ。あの女がいないとき、それはつまり、平日の昼間ということになるのだが、おれはいつも中島精肉店でコロッケを買う。そのまま公園でかぶりつくときもあれば、家に持って帰って朝の残りの飯と食べることもあるし、モンプチ（という名のパン屋）で食パンを買って帰ってコロッケ・サンドにすることもある。

毎日買っていく人間に対する中島精肉店店主の無愛想ぶりもいい。お愛想を言うこともなく、おまけをくれることもない、そして、毎日真っ昼間にコロッケを買い求める三十男の素性を詮索するようなこともしない。五十近いと思われる店主は、無口で、肉屋経営にかかわりのない世の中のいっさいにまったく無関心であるように思われる。

おれの見るかぎりコロッケ売りとして一番繁盛しているのが専門店で、次が肉のワダである。中島精肉店はこの町の人間にはあまり人気がないらしい。肉屋としても、コロッケ屋としても、だ。

ところがどうやら、この町にも味覚のまともな人間がいるらしいということに、最近になってようやく気づいた。おれはいつも一時すぎに中島精肉店にいくが、このあいだ、郵便局に寄った帰り道、十二時ちょうどにいってみたら、子ども連れの女がいた。その女がこのみというわけではまったくなくて、ただ、十二時のコロッケが揚げたてでうまかったので次の日にもその時間にいってみると、彼女はふたたびそこにいた。次の二日は連続していなかったがその明くる日はやっぱりいた。

おれも十二時前後にコロッケを買いにいくようにして観察してみると、どうやら彼女は平日の五日のうち三日は中島精肉店のコロッケ、もしくはメンチカツ、もしくはロースカツ、ときに牡蠣《かき》フライ、などを買い求めているようだった。

子どもは三歳くらいの男の子で、母親の衣服を片手でつかみ、つねに、「それはなんで？　なんで？　なんで？　ねえなんで？」と訊いている。つねに、だ。母親は答えるときもあるし、無視しているときもある。どちらにしてもやつはいっときも休まず、何かを質問し続けている。

おれがこの女を観察しているのは、くりかえすが心を奪われたからでもなければ、彼女とお近づきになりたいからでもない。おれはひそかに疑っている。この女は何かしら薬物をやっている。最初に見たときからなんとなくわかった。一ヶ月もたつとその疑いは確信にかわった。今やおれは確信している。この女はジャンキーだ。そうでなければ、休むことのない子どものくそしつこい質問攻撃に耐えられるはずがない。それに目もうつろだし、ときに充血し、ときに目の下に濃いくまをはりつけている。

そのことをおれは夕食の席で慎重に女に報告する。女はビールを飲み、片手でせわしなくテレビのリモコンをいじり、箸で皿をひきずって小松菜と油揚の煮浸しをつつき、いいかげんにおれの話を聞く。

今晩の夕食の献立は、蒸し鶏の梅紫蘇ソースと小松菜と油揚の煮浸し、かぶとベーコンのサラダにわかめと豆腐の味噌汁である。このところ二キロ太ったと女がくりかえし言うので、カロリー控えめの献立にしている。女は箸をなめて蒸し鶏をいじくりつつ食べて、ふと顔をあげ、おれの話を遮る。

「ようちゃんさあ。だれが何をやってたってそんなことどうだっていいんじゃないの？　少なくとも私はどっかの主婦がくすりづけだってべつにどうだっていいけど？　それよりもようちゃん、その女に気があるんじゃないの？」

女は立って冷蔵庫から新しいビールを持ってくる。ダイニングテーブルの椅子の上であぐらを組み、缶ビールに口をつける。そんなことあるわけないだろう、おれがどうしてジャンキーの主婦に惚れなきゃいけないんだ、とおれは鼻で笑う。こういうときの言いかたは要注意だ。たとえば、どうしておれがっ！　などと声を荒らげようものなら、最悪の結果を招く。そんなふうにむきになるところがあやしい、あんたはきっとその女に惚れたのね、いいえ惚れてなければそんなにむきになるはずがない、と、女はねちねち言いはじめ、不毛な言い合い（というよりも執拗なからみ）は明けがたまで続くだろう。そして結局、女はおれのプライドやら自意識やらそんなものをことごとく粉砕するような言葉を吐いて、ようやく満足するのだ。

「ようちゃんのごはんは本当においしい。私の目のつけどころは悪くなかった」

食事を終え、たばこをふかしながら女は言う。おれは食器を重ねて流しへ運び、水道を思いきりひねって洗いものをする。背後で女が何か言うが、水音で聞こえず、おれはそのまま、何も聞こえないふりをして食器を洗い続ける。生活、とおれはそんな言葉を思いつき、口のなかで転がす。

生活。

女はおれより二歳年上で今年三十四になる。女とはじめてあったときおれは二十九で、ゲーム本をおもに扱う編集プロダクションで働いていた。おれと女はつきあってすぐ一緒に暮らしはじめた。それというのもおたがいの仕事が忙しすぎて、会う時間がまったくなかったからだった。一緒に暮らしていてさえおれたちは起きている相手を見る機会がなかった。おれは十時に起きて十一時ごろ出社し、帰りは深夜の一時二時で、食品会社で働いている女は八時前には家を出て、十一時には眠っていた。土曜日もおれは会社へいっていたし、日曜は二人ともそういう病であるかのように一日じゅう眠った。

突然何かに取り憑《つ》かれたように、女が生活改善を唱えだしたのがちょうど一年ほど前だった。これでは生きている意味がまったくないと女は言った。生きている意味、だ。仕事に追われ、機械みたいに働いて、ただ老いていく、そこに私たちの生きる意志というものはまったく介在していない、と、悲痛な声で女は言った。そして続けて、まったく新しい生活をはじめてみないか、と提案した。

ちょうど今昇進の話がある、それを受ければ給料は格段に上がるがそのかわり、今の倍は忙しくなるらしい、私はそれを受けようと思う、そこで相談なのだが、あなたがもし今の仕事をどうしても続けたいというのでなければ、仕事をやめてくれないだろうか。

私もあなたのぶんも働く、だからあなたは家事を請け負ってくれないだろうか。私もあなたも結婚する気がない、けれど一緒に暮らすことに不便は感じていない、結婚せず一緒に暮らし、私が外で働いてあなたが家を守る、これは一種の契約のようなもので、ひょっとしたら法的な婚姻なんかにとらわれない、とても自由で新しい関係なのではないだろうか。従来の価値観、既成の結婚概念をふたりでともに打ち崩せるんじゃないか。

女は息巻いてそんなことを言い、おれはそれを帰宅後の深夜、眠い目をこすりながら聞いていて、なかなか悪くない話だ、と思ったのは事実だ。もともとおれは契約社員扱いで、残業続きでほとほと嫌気がさしていたし、実際のところ、女よりおれのほうが掃除も洗濯も炊事もうまいのではないかとうすうす思っていた、というより、彼女はそうしたことのいっさいできない女だった。

そうしてそのとき、女の声をすぐ耳元で聞きながら、新しい関係、新しい生活、新しい価値観、そんな言葉に魅了されていた。自分たちが、本当に新しい、だれもやったことのない何かをはじめることができるのではないか、という高揚感を抱いていた。

のちのち、三時近くに帰宅した男を眠らせずに何かを説得する、というのは、洗脳という手法にひどく近しいのではないかと疑うことになるのだが、そのときおれは女の言うことに全面的に賛成した。

さっそくおれは仕事をやめ、女は彼女の会社では女性初の課長だか主任だかに昇進し、おれたちはそれまで住んでいたアパートを引き払って、彼女の通勤には少々不便だが静かな郊外へと引っ越した。アパートは以前の倍は広く、家賃は以前より多少安くなった。

そしておれたちの新しい価値観に基づく新しい生活がはじまった。女は毎朝七時に家を出、夜は八時、遅いときは十一時すぎに帰ってくる。おれは彼女より早めに起きて朝飯の支度をし、彼女を送りだし、洗濯や掃除をして午前中を過ごし、昼間近に散歩がてらおもてをぶらつきながら諸々の用事——公共料金の支払いだとか借りたビデオを返しにいったりだとか——をすませ、コロッケの昼飯を終えてしまうと、あとは夕食の準備以外することがない。

女が朝出ていくと、家のなかはまるで客のこない熱帯魚屋の、藻のたまった水槽みたいに静まりかえった。おれはその静けさのなかで、黙々と洗濯をし掃除をした。そのどちらも、一人で暮らしてそうしていたときより意味深く奥深く感じられた。料理はさらに楽しかった。それまで米すら炊いたことがなかったおれは、時間の余る午後、自己流で一から学びはじめた。米のとぎかた、料理におけるさしすせそとはなんぞや、千切りみじん切りの庖丁づかい、豚ロースと豚こまと豚ばらの違い、根菜と葉菜の煮かた、魚のおろしかた。はじめて作った献立は、今でも覚えている、ハンバーグ粉ふき芋添え、しらすおろし、まぐろとアボカドのサラダ、豆腐と油揚の味噌汁だ。四時間かかったが、女が以前作っていた料理よりうまかった。

おれを専業主夫にする、という女の見立ては正しかった、と言える。そうしておれも、この暮らしがそんなにいやではない。けれど、最近ふと思うようになった。昼どき、主婦と子どもでごったがえすしょぼい商店街を歩いているときとか、暗くおたくじみた男たちと一緒になってレンタルビデオ屋のアダルトビデオコーナーをうろついているとき、スーパーマーケットの、タイムサービスの鮮魚を血眼《ちまなこ》になって手にしているとき、おれは思う。

これのどこがいったい新しい暮らしなんだよ？

それははっきりした声となっておれの内側に響き、いったん響きだしたらやむことなく、いっさいのやる気が萎《な》えていく。やる気、といってもたいした気力があるわけじゃない、せいぜい、三百六十円にしてはお得感の強いエロビデオを借りようとか、五割引きの本まぐろを我先に買おうとか、そんな「やる気」でしかないのだが。

なあ、何が新しいんだ？　自分とまったく縁のない、一年近く住んでさえいまだそう思われる、小さなさびれた町を徘徊しながらおれの内側で声は執拗にくりかえす。新しい価値観ってなんだよ？　新しい関係、法的な婚姻に基づかない自由な関係ってなんだよ？　おまえ、ただのヒモだろうがよ？　と、声は言う。

そうなのかもしれない、いや、かもしれない、ではなくて、そうなのだ。おれたちのやっていることに新しいことなんか何ひとつありゃしない。都心まで電車で一時間強、昼間はジャージ姿の体型のゆるんだ主婦、夕方になれば都会をまねた似非《えせ》コギャルと根性の足りない似非ヤンキー、夜は夜で腹の出た気の弱そうな男たちがうろつく、何もかもが中途半端なこの町に、新しいことがらが存在するはずもないのだ。

だいたいあの女自身新しい価値観なんて信じていなかったに違いない。おれの見るところ、女は壮絶な独占欲の持ち主なのだ。会う時間のなかった同棲中、女がおれの手帳や携帯をチェックしていたのをおれは知っていたし、帰りが遅すぎるとなじられたのも覚えている。ただそのときは、そんな嫉妬も恋愛の一要素であり、女のかわいさでもあると誤解していたが、今になってみればそれは彼女の壮絶な独占欲の氷山の一角だった。なんだかんだと理屈をつけても、本心は至極子どもっぽい単純さで、おれをただ家に閉じこめておきたかったというのが真実だろう。

新しいことなんか何ひとつない。今にいたるずっと昔から、世界各国にいるであろう無気力なヒモ男がおれで、これも無名の歴史にくりかえし登場してきたに違いない、独占欲に支配された勝ち気な強欲女が彼女で、そうして、おれたちのささやかな生活はいたるところで、うんざりされながら営まれ続けている。

浴槽の水をそのまま洗濯に使えるパイプという代物を買ってきて、洗濯機にとりつけた。ごぶんごぶんと異様な音をたてて風呂水が吸い上げられていく。洗濯は一日置きにしている。二日に一度では多すぎるとおれは思うが、女の出す洗濯物の類ははんぱじゃなく多い。下着、肌着、ストッキング、シャツ、ハンカチ、一回使ったタオルは即洗濯で、枕カバーやシーツもすぐに女はかえたがる。しかも、その日の朝着たいと思ったシャツがないと信じがたいほど騒ぎたてる。だからおれは二日に一度は洗濯をする。雨でも、晴れでも、とにかく洗濯。

パイプを買いにいったときにコードレスアイロンが安くなっているのを見つけた。コードレスアイロンはずいぶんと便利だろうと思う。今度女に相談してみよう。冬のボーナスが近いから、あっさりと許可が下りるに違いない。

洗濯物を干し終えたのが十一時半で、おれはあわててパーカをはおり買い物に向かう。昨日女は中島精肉店にきていなかったから、たぶん今日はくるだろう。

おもては曇りで、昨日よりいくぶん寒くなったようだ。アパートを出てふりかえると、白いタイルばりの建物の、こちらをむいたベランダがみな曇り空を映して、建物全体もどんよりと見えた。ワンフロア四世帯、五階建てのアパートなのだが、洗濯物を干しているのは一軒だけだった。見慣れたものが風にひるがえっていると思ったら、自分の部屋のベランダである。それが自分の部屋である、と気づいて、おれはなんとなくいやな気分になった。理由をだれかに訊かれてもきっと説明できないが、犬の糞をおもいきりふんだような気分だった。

今日はついている。いつも肉屋の店先で会うだけの例の女が、商店街の薬屋から出てきて、おれの前を歩いている。いつものように右手の先に子どもがいる。子どもは素っ頓狂な声で童謡めいた歌をうたっている。一小節うたっては母親を見上げ、頼りなく声を弱め、母と目をあわせてはまた力強く次をうたいだす。あとをつけているわけではないんだ、たまたまいく方向が一緒なのだと（実際そのとおりなのだが）体全体で主張しながらさりげなくおれは女の背後に近づく。女が細い声で、子どもの歌声にハミングを合わせているのが聞こえる。女のハミングは、調子外れで、心もとなく、しかしなんとなく偽物くさい幸福感に満ちて聞こえ、やっぱりこの女は何か薬物を摂取しているに違いないとおれはさらに確信を強める。以前読んだり聞いたり、あるいは若い時分に好奇心で手を出したドラッグ類を思い浮かべ、女の姿にあてはめてみようとする。それとも雰囲気から言ってＳ系ではないだろう。マリワナか？　ハシシだろうか？

マッシュルーム？　Lか？　なんにしても、子持ちの主婦がいったいそんなものをどのようにして手に入れているのだろう？　いや、ひょっとしたら合法的な既製品できめる方法を彼女は知っているのかもしれない。薬屋で買って左手にさげているビニール袋の中身はそれかもしれない。

商店街の電柱にはすべて、安っぽいビニールの花が飾られていて、ところどころに備えつけられたスピーカーからは、妙に平べったい声で商店街の今日のお買い得品がアナウンスされ、聞いたことのないポップス調の曲がかかっている。愚連隊とひそかにおれが名づけている若妻集団——みな似たような髪型、似たような服装をして、同じようなベビーカーを押して何が安いだの旦那がどうのだのとわめきながら歩いている女たちとすれ違い、道端でしゃがみこみ泣き叫ぶ子どもを叱る母親を通りすぎ、下駄屋の軒先で輪を描いて話しこむ背中の丸い老婆たちをすぎ、狭い一方通行の道にねじりこむようにして走る乗用車をよけて、おれは女とつかず離れずの距離を保ちつつ進む。女は、いっさいと切り離されているように見える。アナウンスともベビーカーともつぎはぎだらけのアスファルトとも、いや、右手の先の子どもからも切り離されて、ただ一人、見知らぬ場所をさまよっているみたいに見える。

こんな人間を見たことがある。何もかもとかかわりを持たずに、ただそこに、現実という場所に一人漂って、そうしながら、自分が何からも切り離されているということにまったく気づいていないようなやつだ。

その男は小学校に向かう途中にある、神社の裏手の墓地に住んでいた。そうしてその男をおれは約一年のあいだ、飼っていた。犬を飼うみたいに、餌をやり、名前をつけ、手なずけ、飼い慣らした、おれはそう思っていた。

おれはそのとき小学校の四年で、転校してきたばかりだった。友達がおらず、だれかが友達になってくれる気配もなく、かと言って前にいた学校で仲のいい子どもがいたかといえばそんなこともなくて、ああおれは一生こうなんだろうと子どもなりに絶望していた。学校へいく道、家を出て住宅街を通って竹林を抜けて、いつもひとけのない大きな公園をすぎ、神社をすぎて廃車工場を横目に見ながら歩く三十分ほどのその道を、朝いって帰りに戻るという単純往復をくりかえしていると、なんだか絶望の渦をどんどん下降していくように思えた。

通り沿いに鳥居だけあってそこから続く細い道を進んだところにある無人の神社は、悪霊が棲んでいて足を踏みいれると取り憑かれるというくだらないうわさ話のもと、めったに子どもは寄りつかなかった。おれはときおり、登下校の際にそこに忍びこんでは、荒れた境内でしゃがみこんだり賽銭箱《さいせんばこ》に手を突っ込んだりして、永遠に思われる絶望の渦から逃げおおせた気分を味わっていた。

本殿の裏に男が棲みついていることに気づいたのは、神社で時間をやりすごすようになってすぐだった。神社と墓地のあいだに男は青い小さなテントをはって、そこで寝起きしているらしかった。醤油で煮染《にし》めたような作業着姿で、絡まりあった蛇みたいな髪を輪ゴムで縛っている男は、けれど間近で見るとずいぶん若いように感じられた。大人の年齢なんてものは当時のおれにはまったくわからなかったが、父親よりも、担任の山崎先生よりも若く見えた。

登校時間より早めに家を出ると、男はいつもテントのなかで寝ている。めったに人のこない墓地は静まりかえり、朽ちて黒ずんだ墓石は眠るように立ち並び、早朝の金色じみた光に染められ、墓地の奥の竹林は微細な豆電球みたいにちかちか光っていた。あるときおれはテントの前に朝食の残りを詰めたタッパーを置いておいた。ウインナや、たまご焼きや、トマトやロールパンなんかだ。下校時墓地にいってみると、本殿の裏、柄杓や樽が転がった水道のところに、洗ったタッパーが置いてあった。おれはあたりを見まわした。男は墓地のなか、墓石と墓石のあいだに背を丸めあぐらをかいて座り、ぼんやりと空を見ていた。おれは足を忍ばせて青いテントに近寄り、朝と同じ場所に、ティッシュでくるんだ給食の残り——バナナとコッペパン、おれの嫌いな牛乳——を置いた。

その日からおれは足繁く墓地に通いはじめた。夕食前にこっそり家を抜け出して、缶詰だの果物だのスナック菓子だのを持っていくこともあった。黒田。男におれはそう名づけた。登校時、黒田はいつもテントのなかで眠っていて、下校時、黒田は墓地の中を歩いたり、本を読んだり、薄汚いふとんを墓石に干したり、地べたに座って空を見ていたりした。おれに気づいているのかいないのか、こちらにかまうようすはまるでなかった。

餌をやりはじめてから三ヶ月ほどして、おれははじめて黒田を間近で見た。早朝、朝食の残りをいつものようにテントの前に置くと、いきなり黒田がテントから顔を出したのだった。黒田はおれを見て、唇を横に広げてにっと笑った。目が痛くなるほどすえたにおいがし、黒田の、黄ばんだ大粒の歯が見えた。

そうしておれと黒田はたがいを認識しはじめた。明らかに黒田はおれの与える食事を待っていた。だから、おれは夕食後も家を抜け出して、我慢して食べ残したおれの夕食を彼に与えた。夕食の残りが一番豪華で、黒田もそれを一番喜んでいるように見えた。下校時、黒田が本を読んでいるとなりでおれは漫画本を読み、黒田がふとんを干している横でおれは零点に近いテスト用紙を燃やした。下校時間が以前より遅くなったのは友達ができたからだと勘違いして母親はうれしそうだった。黒田はまったくしゃべらなかった。しゃべることができないのかと思ったが、そうではないとすぐに思いなおした。黒田はしゃべることをやめたのだ。放棄したのだ。おれはそう思った。黒田とおれは、だから一言も言葉を交わさなかったが、おれは黒田を飼い慣らした気分になった。くさくて不潔でしゃべらない黒田は、おれの与える餌がなければ死んでしまうんだと思っていた。

五年にあがるころおれは処世術というのか社交性というのか、とにかく人の輪に入ることをだんだんと学びはじめ、一人二人だが友達もでき、人と遊ぶということがどんなものか知るようになり、彼らがしたり顔で連れていってくれる隠れ家や駄菓子屋は黒田のいる墓地ほど興奮的ではなかったが、それでも、そういう退屈を享受しないとおれは何か大きく道を踏み外すとうすうす理解していて、気がつくと墓地から足は遠のいていた。遠のいてしまうと、今度は時間があっても墓地へいけなくなる。餌を与えるという役割をおれは投げ出したのだ。黒田は死んでいるかもしれず、おれをうらんでいるかもしれなかった。それがこわかった。それきり墓地へいくことをやめた。墓地へいかないと、墓地へいっていたときよりずっと多くの時間、黒田のことを考えるようになった。

そんなふうにして黒田のことを考え続けて中学にあがり高校生になると、神社の裏に墓地があって、そこに浮浪者が棲みついていたこと、自分がその男を飼っていたことが、おさない空想であるかのように感じられはじめた。

　高校二年の夏休み、おれは思いきって墓地にいってみた。小学校を卒業して以来足を向けたことのなかったかつての通学路を歩き、竹林がなくなっていたり公園がそれほど大きくないことに驚いたりし、頼りなげな鳥居をくぐる。改装されたのか神社は記憶のなかのそれより格段にきれいで、そういう時期だったのだろう、幾人かが墓参りにきていて墓地はにぎやかだった。黒い服を着た人々は談笑しながら墓石を磨き、あちこちの墓前にはまだ色あざやかな花が供えられ、線香の煙が夏の陽射しのなかで白く漂っていた。男がテントをはっていた場所には焼却炉があって、銀の焼却炉からは黒味がかった煙がひっきりなしに流れていた。ああやっぱり、とおれは思った。ああやっぱりあれはおれの空想だった。友達ができずいじいじと境内に腰かけて、一人の男を自分が飼うという空想を、おれは微に入り細を穿《うが》ち——それが現実味を帯びてくるほどまでに肉づけしたのに違いない。そして墓地をあとにしようとしたとき、バケツや柄杓が置いてある外水道の片隅に、見覚えのあるタッパーがひっそりと転がっているのを、おれは見つけた。まるでひからびた昆虫の抜け殻みたいに。屍骸みたいに。

　ビデオ屋にはられたアニメ番組のポスターに反応して、子どもは立ち止まり女の手を引く。女はぼんやりと立ち止まり、子どもの伸ばした指の先を見ている。おもちゃみたいに小さな子どもの指の先にはドラえもんのポスターがあり、子どもはそれを見てひとしきり何か言う。女は幾度かうなずいて子どもの声に耳を傾けているが、おれにはわかっている。女が見ているのはドラえもんでものび太でもない。ガラス戸ごしのビデオ屋の店内でもなければ店内で流れている新作ビデオでもない。

女と子どもが立ち止まっているからおれとの距離はどんどん縮まる。だってだってドラえもんがねえー、こないだパパが映画をねえー。子どもの声が聞こえる。うん、うん、そうなの、へええ。女の声が聞こえる。おれは立ち止まるきっかけをつかめないまま二人を通りすぎる。

コロッケ屋でおれが勘定をすませた直後、案の定子どもと女は中島精肉店にやってくる。たまご焼きは？　たまご焼きはママ？　たまご焼きはないのよー、うーんとね。牡蠣フライを五個、コロッケ二つ、あとそのポテトサラダ二百グラムくださいな。間の抜けた女の声が背後でする。おれは中島精肉店の向かいにある本屋で立ち読みするふりをしながら、彼女たちが肉屋から出てくるのを待つ。

家を出たときは曇っていたのに、雲の合間から青空が見えはじめている。商店街の街灯にくくりつけられたビニールの花が風にあおられてせわしなく音をたてる。女と子どもが肉屋から出てくるのが本屋のショーウィンドウごしに見え、おれはふたたびあとをつける。

八百屋で林檎《りんご》とキャベツ、ねぎと白菜を買い、お菓子屋の前で子どもに手をひかれて数秒立ち止まり、ふらついたように見える足取りで商店街を抜け、女は橋をわたる。途中ふたたび立ち止まり、欄干にもたれて川をのぞきこんでいる。バスが通りすぎ、バイクが通りすぎる。

この橋をわたったことがおれはない。橋の向こうは住宅街が広がるだけで、おれには用がないのだ。女がふたたび子どもとともに橋を歩きはじめ、それについておれも橋に足を踏みいれた瞬間、未知の場所へ向かう子どもみたいな気分を味わう。この町に、いや、この世界に未知と呼べるものなんかないととうに知っているくせに、まるで、そうだ、神社の裏で黒田を見つけたときの気分を思い出している。

間口の狭いたばこ屋があり、シャッターをおろした店があり、似たような造りの家が並び、申し訳程度の小さな公園がある。公園と向き合うようにして建つマンションに女は入っていく。リリエン・ハイムと入り口に書かれている。おれは最初からそういう目的だったようにマンション前の公園に入り、ペンキのはげた象の遊具に腰かけて、中島精肉店のコロッケを食べる。女は三階の廊下をまっすぐ進んで、一番奥の部屋に向かう。

玄関前で子どもが帰りたくないとぐずる。女は半ば力ずくで子どもを部屋にひきずりこむ。扉は閉められ、あたりは静まりかえった。

一個目のコロッケを食べ終えておれは、女に対しての興味を急激に失っていることに気づく。築五年ほどの六階建てマンションの、三階の角部屋で女は、おそらくごまんといる主婦たちと似たり寄ったりの暮らしをくりかえしているに違いない。ここにいるおれとまったく同じように。ただのとろくさいあほ面が、薬物で酩酊しているように見えただけだ。女はきっと扉の向こうで、買ってきた惣菜を器に移しかえることもせず、子どもとむさぼり食っているのだろう。

けれどおれは象の遊具から立ち上がることができない。二個目のコロッケもとうに食べてしまったというのに、女が消えていった扉を凝視している。

おれは唐突なあざやかさであの墓地を思い出す。見知らぬ死者の眠る墓と、雑草のへばりついた地面と、合間から陽の帯を落とす木々に囲まれている、しゃべることも生活することも放棄した浮浪者と、入りこむべき現実の隙間を見つけられずにいる小学生の姿が、くっきりと見える。おれはリリエン・ハイムの扉を凝視しながら墓地の光景を追い、今日の夜はすき焼きにしようと唐突に思いつく。

ビジョン

　夏が終わったら四十歳になる。驚いてしまう。二十歳くらいのころ、自分が四十になるなんて思いもしなかった。四十歳になることはどこかで、死ぬこととといっしょだった。けれど私は秋に四十になる。まだ死にそうにないし、それに、コロッケも揚げられずにいる。

　毎日正午にコロッケを買いにくるその男を、私はひそかに、カベルネさんと呼んでいる。三十代の半ばくらいだと思う。昼間にふらふらしているんだから、たちのいい男ではないと思う。部屋にこもって小説だの詩だのを書いているとか、ギターをつま弾いているとかで、女に食べさせてもらっている。カベルネさんはそんなに男前ではない。けれど妙な色気があるから、彼を食べさせる女がいても不思議はないと思う。女はきっと夜の仕事をしているのだろう。夕方すぎに起きるから、男のために昼食をこしらえることができず、それでカベルネさんはコロッケを買いにくるのだろう。

カベルネさんを見送ってから私はいつもそんなふうに想像をふくらませ、その直後、自分の世界のせまさを思い知ってうんざりする。昼間ぶらぶらしている男といえば文学青年かミュージシャンくずれ。男を食わす女といえば水商売。この陳腐な想像力。しかも、私自身、部屋にこもって小説や詩を書く男や、水商売で男に貢ぐ女に会ったことなんか、ただの一度もない。そんな人たちが実際いるのだろうか。そんな人たちが生活している世界というものが、どこかに存在するのだろうか。

私は今日、若いカップルに陰口をたたかれた。記憶にあるかぎりはじめて見る客で、昼の混雑時、コロッケだのアジフライだのとさんざん迷って、結局、メンチを一枚買ったカップルだ。「こえーあのおばはん」と男。「わかるでしょ」と女。「なんだよ、何がわかるんだよ」「揚げ疲れだよ」「へ?」「揚げ疲れ。この大量のコロッケ揚げてさ、人生に疲れきってんだよ、我慢してあげよーよ」「あーまーな。しかしこえーよ」全部聞こえた。

揚げ疲れとはいい言葉だと思ったが、それはまちがっている。カウンターを乗り越えて、自分たちは四十歳にはならないと信じているらしい小僧どもの首根っこをつかまえて、ここへきて十五年、十五年なのにいまだ揚げ係はやらせてもらえないんだとどなりつけたかったが、そんなことができるはずがない。空想だけにとどめて笑顔で礼を言い、トイレにかけこんで大声で泣きたかったが、こちらに向かって歩いてくるカベルネさんの姿を見つけ、私は気をとりなおす。

カベルネさんを好きなのではない。そんな色目で見ているわけではない。ただ、カベルネさんは知っている、と思う。まばたきをするあいだに私たちは年をとって、その速度、速度が持つ現実感に私たちは永遠に追いつけやしないということ、そうして追いつけないかぎり、自分がここにいるという実感がどうしたって持てないことを。いや、そんな難しい話ではない。私をおばはんと呼んだあの若いカップルがまだ知らないことを、カベルネさんは知っていると、思うのだ。

カベルネというのは女友達の家で飲ませてもらったワインのラベルに書いてあった文字で、コロッケを買いにくる無職の男となんら関係はない。水晶だの宇宙だのといった話を好み、雑誌編集を生業としている、なおみという独身の彼女が、いまでは私の唯一の友達で、つまるところ私と世界の唯一の接点である。世界とはワインでありエスニック料理であり、パシュミナでありロードショーであり、美白ローションでありモツ専門店である。一ヶ月前、店の定休日と彼女の休みが重なって、ひさしぶりに遊びにいき、そこで彼女は最近凝っているらしいワインの蘊蓄《うんちく》をとうとうと述べてくれたが、私に覚えられるはずもなく、ただ、そのとき開けた一本のラベルを私はもらって帰ってきた。

どうしてだかわからないが、そのワインの名前と例の男は私のなかで溶け合って、カベルネさん、とごくごく自然に私は彼に命名していた。

夏場の昼の、ひそやかな混雑が終了すると、義母は自分の家へと帰っていく。夫はいすに腰かけてたばこをふかし、スポーツ新聞を読む。めいっぱい垂らしたひさしの下から、夏の陽射しが容赦無く入りこむ。コンクリートからの照りかえしが、カウンターのこちらがわにまで届き、さっきまで高温だった揚げ油の熱とあいまって、何かの体罰みたいに暑い。それでも私はその場に突っ立って、しばらくのあいだ、カウンターから町を眺める。子どもの手を引いた女や、自転車に乗った老人や、向かいでひるがえる氷の垂れ幕が、熱気でゆらゆら揺れて、次の瞬間消滅しそうだ。

この景色。この空の角度、この道路の道幅、看板やポスターの色の配置、電信柱の位置、立て掛けられた自転車からコンクリのひびわれをかくす雑草、このすべてを、十五年私はここから眺めてきた。十五年。言葉にするとそらおそろしいが、実際は、ほんとうにまばたきをするような瞬間だった。

ここがぼくの店です、と口の中でもごもご言い、ああ、ぼくのでなくて、ぼくの、両親の、と、中島俊嗣という男がうつむきがちに言い、かたわらに立って、おとなしくて品のいい娘さんのようなふりを必死でしながら、まあ、りっぱなお店ですねなんてみえみえの世辞を言ったのが、ついこのあいだ、いや、ついさっきのできごとのような気がする。

　結婚したくてしたくてしたくてしたくてたまらなかった。気が狂いそうだった。私は二十四歳で、短大の同級生だった女友達は、お嬢さまと呼ばれるのを極上のよろこびとしていたのに、急にみんなフェミニズムに目覚めたようになって、その年の春に施行された男女雇用機会均等法がどうたらと、そんなことばかりしゃべっていた。男女の給料差や待遇差よりまず、私は結婚したかった。結婚しなければ何もはじまらないと思っていた。結婚するものとばかり思っていた短大時代の恋人から、一方的にわかれを告げられたのち、女友達の批判、非難も聞かず、人の紹介、もしくは企業団体が紹介する見ず知らずの男と会い続けていた。あまり有名でない見合い業者が紹介してくれたのが中島俊嗣だった。東京郊外にある町の、肉屋の次男坊で、現在自宅住まいだが両親と別居可能、食品会社勤務、性格温厚、趣味読書、牡牛座A型。会ってみると、悪くなかった。よくもなかったけれど。

　中島俊嗣は図体のでかい、のっそりした男で、顔はそんなに悪くないものの、何かが彼をどんくさく見せていた。何か、が何かはすぐにわかった。自信のなさだ。中島俊嗣は何に対しても自信をもっておらず、それがしみついて個性になっていた。

だれかに熱烈に恋をしたり、コントロールできないような感情を抱いたり、あるいはふいに関係を断ち切られて驚いたり絶望したり、そんなことはもうまっぴらだった。そこそこ好きになれる相手とおだやかな日々を送りたかった。自信を持てばもっとかっこよくなるであろう中島俊嗣と、結婚して家庭をつくり、そこからようやくわたしは人生をはじめるつもりでいた。

しかし、婚約した直後から冗談みたいに計算違いが生じた。まず中島俊嗣の兄が家を出て行方知れずになった。行方知れずになる人間がこの世にいるなんて思ってもみなかったが、実際、中島俊和はふらりと家を出ていって、それきり、戻ってきていない。義父がいたころはそれでも行方を捜していた。必死で、とはとても言いがたかったが、かつての同級生や警察と連絡をとったりはしていた。しかし一年後、義父が脳溢血で死んでしまうと、兄もともに死んでしまったかのように、義母も夫も彼の名を口にしなくなった。

二十五歳で結婚して、新しい家庭をつくるのだと希望をもって、中島俊嗣とマンションで暮らしたのが一年足らず、二十六になる前には、夫の実家に呼び戻されて、私は中島精肉店の若旦那の妻になった。親と同居はしない、家業は手伝わない、結婚前に約束したひとつめを夫は守り、義母は店から五分ほど離れたマンションに住んでいる。ふたつめは守られているのか、いないのか、よくわからない。店の経営について、経済的なことについて、夫は私に何も話さず、義母は私に揚げものを触らせない。したがって、私はただスーパーのパートのごとく、店の前を掃除し、ショーウィンドウを拭き、お札をくずしに銀行へいき、豚ばらを五百グラム、と言われれば豚ばらと覚しきものを秤《はかり》にのせて、金とひきかえに渡す、それだけである。

子どももできなかった。何か計画していたわけではない。三年たってもできなかったし、四年目には性交自体しなくなっていた。一度きちんと調べてもらおうかという話がでたが、結局病院にもいかなかった。私たちのどちらも、原因を追求するのがこわかったのだと思う。

休んだら、と、カウンターに突っ立っておもてを見ている私に夫が声をかける。うん、と私はうなずきその場を離れて、店の奥へいく。奥には台所と、和室がある。扇風機をつけて、和室にごろりと横になる。今日の夜は何にしようか。お刺身が食べたい。お刺身と素麺《そうめん》でいいか。みょうがはまだあるし、大葉もある。ビールはあっただろうか。そろそろ浜田酒店に配達をたのまなければ。開け放したガラス戸の向こう、生い茂る夏草を見つめて、そんなことを考えながら、次第にうとうととまどろむ。

こうしているとときが流れているなんて、どうしても思えなくなる。棒飴のなかにいるみたいな気分だ。私はただのっぺりとここにいるだけ。どこを切っても何も変化しない私がいる。

水晶だの宇宙だのが好きな女友達、なおみは、ビジョン、という言葉をよくつかう。なおみは毎日眠るまえに冥想し、心が非常に澄んだ状態のとき、自分のビジョンが見られるのだと言う。自分が現在、雑誌編集を生業とし、都心のマンションの一室で、猫と暮らしていることを、十年前から知っていたのだとなおみは言う。その図はビジョンとしてあらわれたそうだ。五年後、十年後の自分をもビジョンとして見ることができるのだとなおみは言う。

そんなの、私は見たいとも思わないけれど。そう言うと、なおみは気の毒そうな顔で私を見た。ビジョンをもたなければ人はかわることなんかできないのよ、となおみは言い、あと五年後、自分がフランスにいるというビジョンをもってごらんなさい、それはきっと可能になるわ、突拍子もないと思うでしょうけれど、本当のことよ、と、どこか芝居がかった口調で続けた。そのビジョンと、なおみが冥想中に見るビジョンとは意味合いが違うのではないか、と思ったが黙っていた。

幾度か私はビジョンを描こうとしてみた。けれどいつも思い浮かぶのは、カウンターに立ったときのあの空の角度、道路の道幅、色の配置と電信柱の影、それからむんと迫るような揚げ物油のにおいで、なおみの言うことが本当ならば、私は五年後も十年後も、今とまったく同じことをしているらしい。棒飴のなかにいるみたいな気分は、なおみにビジョンの話を聞いてからよけいつよまった。

夕方、義母がまたやってくるまでにはスーパーにいっておこう、刺身と、卵が切れていた、納豆、それから、麦茶とパン。

私の夫の店はあんまり売れない。正直なところ、どのように経営が成り立っているのか私はよく知らない。家は持ち家だし、義母は亡父のぶんとともに年金をもらっていて、私たち三人とも金のかかる趣味など持っていないから、昼と夜のささやかなにぎわいだけで、収入としては充分なのかもしれない。

私は私たちの関係を、ひどく奇妙に思うことがある。私と、夫と、義母は、家族という言葉でひとくくりにされるのだろうが、私たちほどその言葉から程遠い三人組もいないのではないか。私たちはそれぞれ、たがいに興味を持っておらず、親密になる必要も感じておらず、あまり言葉を交わさない。

たとえばこのあいだのシャツだ。義母は夫にシャツを買ってきたのだが、何も言わず、ただ私たちの引き出しに突っ込んでいった。それから数週間後、ひさしぶりに引き出しを開けた私は真新しいシャツを見つけ、てっきり自分が買ったまま忘れてしまったものと思いこんで、早速シャツに袖をとおした。私がそのシャツを着ていても、義母は何も言わない。なぜ男もののシャツを着ているのかと私に言ったのは店にくる豆腐屋の女主人で、あんたたち洋服を兼用してるなんて、ラブラブだね、と使い慣れない言葉で私たちをからかい、そのときはじめて気づいたのだった。しかし義母は何も言わない。夫も言わない。その後夫は何も言わないまま、そのシャツを身につけるようになった。

豆腐屋の女主人が存在していなければ、私たちの意思疎通は成り立つことなく、それで何ごともなく日々はすぎていったのだろう。こんなことはとてもよくある。言葉を交わさないから面倒がおこる、をとおりこして、あまりに言葉を交わさなすぎて、面倒すらおきない、と言うのがただしい。

意思を通わさなくても、毎日が平穏であり、私たちの関係が崩れないことはまことに珍妙と言うほかはない。私はときおり、自分たちが宇宙人であるみたいに思う。進化したために、コミュニケーションを必要としない、ずば抜けて新しい宇宙人的スタイルの新家族のように。もしくは、なんのつながりもない自閉的心身症患者の合宿のように。

テレビをつけて、横になったままワイドショーをながめ、ときおり、店が忙しくなっていないか耳をすませ、そのうちうとうとしてくる。閉じかけて、ふたたび開いた目にのび放題の庭の雑草が飛びこんでくる。扇風機は全身をなでるようにやわらかい風を送る。

豆腐屋の女主人がきているのがわかる。彼女はいつも大声で話すから、店とつながっている廊下を通ってここまで聞こえてくる。あらおくさん今日はいないの、しかしあんたたち、もう二十年？　ああ十五年ね、仲いいよねえ、いつも一緒だしさあ。知ってる？　浜田さんとこ若旦那に嫁きたでしょ？　ひどいよう、一年たってないのにそりゃすさまじいんだから。それに答える夫の声は聞こえない。きっと小さく愛想笑いをしているだけなのだろう。

ビジョン。ひょっとしたら、私はそれを、一度だけ見たことがあるかもしれない。ここで、この居間で、荒れた庭に面した、この場所で、だ。二十四のとき。今から十五年も前に。自分が四十歳になるなんて、想像すらしなかったころに。

結婚を踏まえたうえで、きちんとおつきあいしたいと思いますと、中島俊嗣にではなく、お見合い業者に私は言い、彼もまた私にではなく業者にそのように返事をした。私たちは三度のデートをしただけだった。

中島俊嗣が、私を実家に招いたのはそのすぐあとだった。中島俊嗣が告げた駅の名前を、私は路線図のなかから苦労して捜し出し、ひとり、電車を乗り換えてその町へ向かった。梅雨になる直前の、とても天気のいい日で、真夏のように暑かった。私は座席に腰かけ、向かいの窓に流れる見知らぬ町を眺め、中島俊嗣は誠実な男だ、と幾度もくりかえし思った。私と結婚してもいいと言い、その証として、両親に会わせてくれるのだから。中島俊嗣は誠実な男だ。そう口のなかでつぶやくと、これから先、すばらしい未来が待ち受けている気がし、自分が人生の勝者になった気分をも味わった。

都心から二時間近く電車に揺られ、着いたその小さな私鉄駅の改札で、中島俊嗣は待っていた。夏も近いというのにジャンパーをはおり、ジーンズを黒い革ベルトでしめて、私に気づかず、壁にもたれかかってぼんやりと、宙を見ていた。私はホームを改札に向かって歩きながら、もう一度、中島俊嗣は誠実な男だ、とくりかえそうとしたけれど、中島俊嗣は気の毒な男だ、とつぶやいていた。

十七歳ではじめて男と寝て、それから数人とつきあい、十八から三年近く、結婚もしてくれない男と半同棲し、あげくふられて、その後しばらく、陳腐なドラマのようにやけっぱちになって何人もと寝た、そんな自分が史上最悪のはずれくじみたいに思えた。女をよく知らないためにそんなはずれくじをつかまされた中島俊嗣に、おかしな話だが私は深く同情した。

私が想像していたのは、家族そろってテーブルについて、ビールを飲み寿司をつまみながら、よそよそしい会話でもりあがり、あはは、おほほと笑い合う、そんな場面だったのだが、中島俊嗣の両親は肉屋のカウンターの向こうに入ったきりで、私はまるで肉を買いにきた客のようにカウンター越しにあいさつし、中島俊嗣にうながされるまま裏手にまわって家にとおされたのだが、そこにはビールも、寿司も用意されていなかった。

中島俊嗣は不動産屋のように、私の前に立ち、ここが居間で、ここが台所で、と説明しながら二階に上がり、ここは父母の部屋、ここがぼくと兄の部屋、と、次々と案内するのだった。父母の部屋は布団が敷きっ放しで、きょうだいの部屋は衣類や雑誌でぞっとするほど散らかっていた。

私たちは居間に戻って、することもなくテレビを眺め、思い出したように会話をした。中島俊嗣はちゃぶ台をはさんで私の向かいに座り、あっ扇風機つけましょう、とか、あっ麦茶いれましょう、とか、あっお菓子あったっけな、などと言ってせかせかと立ったり座ったりしていた。

しかし、扇風機もまわり麦茶も菓子も用意されてしまうと、中島俊嗣には立ち上がる用事がなくなって、じっと私の前に座っていなければならない。そうすると話題もすぐに尽きた。私は庭のつつじを見、伸び放題の雑草を見、居間の古い柱時計を見、手元のハンカチを見た。中島俊嗣はテレビを見ていた。見るふりだったのかもしれない。

私たちが黙りこくっていると、店とつながっているのであろう廊下の奥から、やだよおくさん、まだ若いんだからそんなこと言うなよ、まあーうまいわねー、この人はほーんと、などと、中島父と客とのやりとりが小さく聞こえ、きゃはは、きゃははと笑い声が続いた。

「なあーんか、落ち着いちゃう」私は言って笑った。

「そうすか、それはよかった」中島俊嗣も笑った。

けれど本当は、落ち着くどころか、その正反対、帰りたくてうずうずしており、しかも悪いことに、私は自分がそこにいる意味を失いかけていた。向かいにいる男はだれだ。目の前の薄茶色い飲みものはなんだ。廊下の奥から聞こえる談笑はなんだ。

目の前の、麦茶や柱時計や新聞の束や、つつじや綿埃や中島俊嗣や、そんなものが意味を失っていけばいくほど、色あざやかに、かつての生活が思い出された。私とかつての恋人が暮らしていた、あの小さなアパートの一室。

私に料理を教えたのは男だった。私は不器用で、覚えが悪く、料理のセンスがまるでなかったが、男は根気よく、だしのとりかたや炒めもののコツや、卵の焼きかたやハンバーグのこねかたなどを教え、しかしそうしているうちに、途中で料理を放り出して、性交をはじめてしまうのがつねで、終わってそれからまた料理にとりかかるので、夕食はいつも、九時か十時になった。夕食を食べおえるとあとかたづけなんかせずに、そのころはやっていたテレビゲームを一晩じゅうだってやっていた。テレビの前に並んで座り、ああだこうだと言い合って、飽きたらいちゃついて、眠るのはいつも、窓全体が白く染まる時間で、私はしょっちゅう一限目を遅刻し、男もたびたびアルバイトを午後出勤にしていた。一限目の体育の単位を落としそうになって私は男に当たり散らし、男は私の機嫌をとるために、大型冷蔵庫を買うと約束した。(私たちの冷蔵庫はとんでもなく小さかったのだ。)

目の前に座っている、自信のなさが顔かたちまで形成しているような肉屋の次男坊と、私はなぜ結婚しようと決めたのか、結婚できると思ったのか、結婚していったい、どうするつもりだったのか。交わす言葉たったひとつを見つけられずにいるのに。

「ちょ、ちょっと店のほう、見てきます、この時間、あれなんで。あの、今日は兄が、いつもは店入ってるんですけど今日はあの、兄、出てまして、あの、すぐ戻ります」

おそらく、沈黙に耐えられなかったのだろう、中島俊嗣はそう言って、逃げるように居間を出ていった。私は他人の家の居間にひとり取り残され、ハンカチで額の汗を拭い、十四インチのテレビ画面を眺め、湿気た煎餅《せんべい》をもそもそと食べた。梅雨入り前なのに気温は三十度をこえたと、テレビはくりかえし言っていた。

中島俊嗣はなかなか帰ってこなかった。正座していた足を投げ出し、麦茶を全部飲み干し、テレビのチャンネルをかえ、黒ずんだ食器棚の引き出しをあけて、通帳がしまってあるのを発見し、台所の冷蔵庫から麦茶のおかわりを勝手にもらって、それを飲んでしまっても、戻ってくる気配はなかった。廊下の奥から、ときおり、中島父の愛想のいい声と、客の笑い声が聞こえてきた。

柱時計を見ると、中島俊嗣が店にいって約三十分経過していた。どういうつもりなのかと、怒りを感じないわけでもなかったが、二人で膝を突き合わせていたって話すことはないし、このまま中島俊嗣が戻ってこないでほしい気もした。なんだかどうでもよくなって、私はテレビの音量を下げ、扇風機を自分に向けて固定し、庭を向いて寝ころんだ。

雑草におおわれた踏石の上を、黒々とした蟻が、千切れた蛾の羽を持って歩いていた。雑草のなか、とってつけたように赤いつつじが咲き乱れていて、花の合間を小さな蜂が飛んでいた。蠅が一匹、部屋に入りこんできて、居間をぐるぐる飛びまわっていた。ごろりと体の向きをかえ、天井を見上げ、しょぼい家、と私は心のうちでつぶやいた。陽射しの強いおもてを見ていたせいで、天井はどす黒く、頭上に開いた井戸の底みたいに思えた。畳はささくれているし、食器棚やちゃぶ台は古すぎて黒ずんでいて、十四インチの赤枠のテレビなんてひさしぶりに見た、それから、いったいなんだってクーラーがないのよ？　口には出さずに毒づきながら、そのうち、私はうとうととまどろみはじめた。眠ってはいけない、と瞼《まぶた》を持ち上げる。そのたび、井戸の底みたいな天井や、肩に止まる蠅のアップや、どぎつい色のつつじが目に入った。

寝ちゃいけない、寝ちゃいけないと思いつつ、意識は次第に遠のいていく。扇風機は私を寝かしつけるようにけだるくまわり、日陰になった畳がひんやりとつめたい。

いつのまにか私は夢を見ていた。私が横たわっているのは、よく見知った場所、生まれ育った家よりも、男と暮らしたアパートよりも、もっと自分になじんだ、もっとも心落ち着いていられる場所であり、そこで私は何ひとつ知らない、宅配便の人がきてもハンコがどこにあるのか知らず、おなかがすいてもどこから何を出して食べていいのかわからない、それでもまったくなんの心配もいらない。そんなような場所だった。たとえて言うならそれは祖母の家に似ていた。のど渇いた、と言えばすいかが出てきて、おなかいたい、と言えば効果絶大のくさい薬が出てきた。私は何も知らず、知らないままただそこにいればよかった。そんな場所に横たわっているのだった。

横たわる私のわきを、だれかが歩く音がする。畳をやわらかく踏んで、右へいき、左へいく、私を起こさぬよう、ゆっくりと。足音の主は私にとてもしたしいもののはずだった。夢のなかで、私は眠りながら、その足音を耳で追う。とてもしたしい何ものかはそうっと歩きながらこまかい用事をすませている。私にはまったく無関係であることがら。コップを洗うとか引き出しからハンコをとりだし、回覧板にぽんと押すとか、そんなことだ。

足音の主が、そこに寝ころんでいる私を起こさぬよう気づかいつつ、けれど適度に無視している、そのことが、驚くほど私を落ち着かせ、私はゆるされていると心から感じた。

ゆるされている。それはとても奇妙な感覚だった。自分がそこにいて、そのことをゆるされている。何も知らなくて、それをゆるされている。史上最大のはずれくじでありつつ、それもまた、ゆるされている。ゆるされるということは非常に甘美なことだった。私はその甘美さに全身浸かったまま、両手を伸ばし寝返りをうち、放屁した。背後の、とてもしたしい何ものかの足音は、あいかわらず私をゆるしつつ無視して、右へ左へと歩いていた。

耳のすぐうしろで飛ぶ蠅を手で払って、そのみずからの動作で目を覚まし、今までのことすべてが夢ではなく、まどろみの向こうでおこなわれていた現実だったと私は知って、飛び起きた。つまり、店から戻っていた中島俊嗣は私を起こさぬよう、足音を忍ばせて部屋と台所を行き来し、コップを洗ったり、菓子をとりかえたり、郵便物を開封したりしており、私は実際両手を伸ばし寝返りをうち放屁していたのだ。耳の奥まで赤くなるのがわかった。

「ごめんなさい、つい眠ってしまって」私は言った。

「いや、こっちこそ、店、抜けらんなくて悪かったです、やっと、手あいたんで」中島俊嗣はきまり悪そうに、私を見ずに早口で言い、引き出しから意味もなく爪切りを出して、しげしげと眺め、もう一度しまった。

扇風機はゆるく生暖かい風を私に送り続け、テレビはワイドショーを小さく流しており、庭でつつじは異様に赤く、ささくれた畳はひんやりしていた。

帰りの電車のなかでふたたび、中島俊嗣は誠実な男だと胸のうちでくりかえし、ときおりそれは、中島俊嗣は気の毒な男だ、になりかわったが、誠実である、と、気の毒である、とは矛盾せず、アパートの最寄り駅に着くころには、自分が気の毒なほど誠実である中島俊嗣を受け入れることのできる、唯一の入れものである気がし、結婚しよう、奥歯を嚙み締めて私はそう思い、同時に、そう決心している自分に驚いていた。

実際のところ、未だに私にはよくわからない。あのとき、夢と現実のあわいで感じた感覚を、実際得られたのか、そうでないのか。ここでなくてはいけなかったのか、それとも、ここでなくてもよかったのか。もしあのとき、この居間でうたたねをしなければ、私はここへ嫁いでいなかったのか。

少々手を入れて、あのときに比べたら居間はだいぶ清潔に、使いやすくなり、こざっぱりとした。畳は新しくしたし、壁紙も天井もはりかえて、黒ずんだ食器棚も柱時計も捨ててしまった。私は店にいる以外のほとんどの時間をここで過ごす。テレビを見て食事をし、家計簿をつけ新聞をめくり、電話をして庭を眺める。初夏になるとあいかわらず庭には赤いつつじが咲く。

この居間の、どこに何があるか私は知りつくしているし、麦茶を出すにも食事を用意するにも、だれにも訊かずひとりでできる、逆に夫は爪切りすらひとりで見つけることはできない。けれど、それでこの居間が完璧に私のものであるかといえば、やはりときおり、招かれざる客のように感じるときもある。はじめて訪れた家で、ただひとり所在なく座っているような。

ワイドショーの音が遠ざかり、庭の緑が水に浸けたようにぼやけ、今日は刺身と素麵だ、と心のうちでつぶやいて、今日もコロッケを買っていったカベルネさんを思い描き、閉じそうになる瞼を持ち上げる。十四年前のあの日のことを、なおみにも、だれにも話したことがないが、カベルネさんにならうまく話せるような気がする。言いたいことをうまく伝えられそうな気がする。

立ち上がり、台所の流しで顔を洗って眠気を追い払い、エプロンを脱いで髪をととのえる。店へと続く廊下の奥、薄暗いその方向へ、買いものいってくる、と叫んで居間から庭へおりる。サンダルを引きずりながら、買うべきものを頭のなかで復唱してみる。卵、麦茶、刺身に素麵のつゆ。私はまるで少女のように、昼下がりの公園で、カベルネさんとあれやこれや、日々のささやかなことやちょっとした秘密や言葉にできない何ごとかを、あきずに話すところを思い浮かべる。納豆とパン、ビールの注文。なおみの言うことが本当なら、こうして思い描いていればいつかそんな日がくるかもしれない。

赤信号で立ち止まってそっとうしろをふりかえる。そこには肉と揚げものの並んだカウンターがあり、内側でさえない中年男がぼんやりこちらを見ている。男と目が合い、私は彼に向かって手をふってみる。男はふいと目をそらしうつむく。赤信号が青にかわり私は歩きだし、横断歩道を渡ったところにある銀行のガラス戸に、中島精肉店が映っていることに気づく。ひさしの向こうにぼんやりと男は立っており、まるでそのとなりに並ぶように、ガラス戸の前に立ち止まる私が映っている。

きみの名は

自分とまったくつながりのない町に突然闖入《ちんにゅう》していって、そこに居をかまえるというのは、生まれかわることに似ている。それが大袈裟なら、他人の生を引き受けることに似ている。

浜田酒店の向かいにある純喫茶の窓際の席で、ぼくはそんなことを思う。浜田酒店はガラスばりのこぎれいな酒屋である。ガラス戸にポスターがべたべた貼られており、その隙間から、レジ前の女の姿が見える。女は店番をしながら椅子に座って、熱心に本を読んでいる。本のタイトルまでは見えない。客がひとり入ってくると、女はすぐに本をわきへやって立ち上がる。

たとえばぼくは今までいつつの町に住んだ。東京都江戸川区で生まれ、静岡県三島市、埼玉県現さいたま市、これらは父の仕事の都合で移り住んだ町である。その後、東京郊外にキャンパスのある大学にすすみ、大学の近所に下宿した。卒業後コピー機をあつかう会社に就職して、通勤に便利な町に越した。会社はすぐに辞めてしまったが、通勤に便利だったそのアパートにはずっと住んでいた。引っ越す理由がなかったからだ。

これでいつつ。いつつの町のどれにも、ぼくがそこにいる理由がきちんとあった。理由は許可と同義だ。ぼくはその場所にいることを、つねに許されていた。

そうして半年前引っ越してきたこの町に、ぼくがいる理由はない。ここで生まれたわけではないし、親族がいるわけでもない。通う学校があるわけでもなく、いくべき仕事場があるわけでもない。何もない。だから、ぼくは自分が自分でないような、この町を歩きながらここにいるすべての人々やものごとに無視されているような、そんな気分を味わっている。

むろん地図帳にダーツをあてて適当に引っ越す場所を選び、ここへきたわけではない。正直に言えばぼくは女を追っかけてここにきた。しかし、その女がぼくをここにまねいたのでもなく、だいたい、彼女はぼくがこの町にいることも知らない。いや、ぼくという存在自体とうに忘れているだろう。だから、ある女性がここにいる、それはどこにも結びつかないただの事実で、ぼくがここにきた理由にはならない。許可にはなり得ない。

有り体《あ　てい》に言えばぼくはストーカーである。しかし、自らのことをストーカーであると名乗るストーカーなどいない。ぼくだって、自分はストーカーでは断じてない、と思っている。しかしストーカーと言わないとなかなか理解されにくい立場であることはたしかだ。そうして、ぼくの行動の輪郭だけをなぞれば、ストーカーと分類されざるを得ないことを、かなしいことにぼくは理解している。

淀橋君子は大学一年生のときのクラスメイトだった。ショートカットで、丸顔で、栗鼠《りす》とか鼬《いたち》とか、小動物を連想させる前歯をしていた。ぼくたちはあまりしゃべったことがない。ぼくは、人と、とくに若い女性と、したしく口をきけるようなタイプの人間ではない。大学四年間を通してぼくに女友達はいなかった。

ところでぼくは童貞ではない。これは淀橋君子やこの町とまったく関係のないことだけれど、大学の四年間女友達がいなかっただの、若い女性が苦手であるだのというと、大半の人はぼくを童貞だと決めつけてかかる。そのことはぼくをたいへん傷つける。だから敢えてことわっておくがぼくは童貞ではない。社会人一年目のときに、ぼくととてもよく似たタイプの女性と、目的を同じくしてともに寝た。つまり、童貞と処女を捨て去るという目的のもとに。

その女性が、ぼくの好みであったかなかったかはまたべつの話で、ここでは割愛する。悪い人ではなかった。

大学生のときに話を戻す。淀橋君子とぼくはしかし、まったく口をきかなかったわけでもない。淀橋君子は、容姿とか、頭の良し悪しとか、センスの良し悪しとか、冗談のおもしろさとか、そんなことでだれかれをわけ隔てることのない、至極博愛主義的、公平な人物で、座席が隣り合えば、カワナカくん、カワナカくんとしたしく話しかけてくれた。ぼくの名字はカガワなので、カワナカという呼び名がどこから出てきたのかはわからないが、ぼくとしては、カワナカでもカガワでも関係なく、彼女がぼくの中身さえ知っていてくれたらそれでよかった。

淀橋君子はだんとつに目立っていた。それほど容姿端麗なわけでもない。お洒落に敏感なわけでもない。それでも、彼女のおそらく生まれたときから持っている、品性、清潔感、たおやかさ、無邪気さ、そんなものが、彼女とほかの女生徒を完璧に隔てていた。

大学二年にあがって、ぼくらはそれぞれべつの専門にすすんだ。彼女は社会学科へ、ぼくはロシア文学科へ。ぼくも社会学科を希望したのだが、定員オーバーで成績順にとられることになり、成績が下位だったぼくはあぶれて、定員の満たない学科へまわされたのだった。

やはり一年のときのクラスメイトだった秦野《はたの》英介という如才ない男が、ぼくと淀橋君子の唯一のつながりだった。秦野は淀橋君子のみならず、クラスの女子と気軽に軽口のたたける男だった。彼もまたロシア文学科だったので、ぼくは彼とよく飯を食い、そのたび、淀橋君子について新情報をねだった。新情報がないときは、食事を一回おごってやれば、彼は淀橋君子に電話をかけてくれた。最近どうよ？　などと曖昧な質問で、淀橋君子が何に興味を持っているか、何を目指しているか、何にむかついていて何に癒されているか、秦野は手品のように聞き出してくるのだった。

卒業後、淀橋君子は就職しなかった。秦野によると、彼女はニュースキャスターになりたいらしく、しかし、就職試験を受けたすべてのテレビ局・放送局に落とされたので、もっとちがう方法でその職業を目指すらしかった。大学を卒業した淀橋君子はテレビ局の地下にある喫茶店でアルバイトをしており、それがどうやら、ニュースキャスターを目指すちがう方法らしいと、ぼくのおごりで入った一九八〇円食べ放題の焼き肉屋で、秦野は教えてくれた。

自分がなりたいのはジャズシンガーであったと、彼女はある日急に悟ったと秦野が教えてくれたのはそのほぼ一年後で、それも、ぼくのおごりで入った食べ放題ではない焼き肉屋でだった。秦野情報によると、テレビ局の喫茶店でアルバイトをしていた淀橋君子は、ある有名な歌手を育てたプロデューサーに目をかけられ、きみに向いているのはキャスターでなくシンガーだ、ジャズ専門だ、と力説されたらしかった。そのプロデューサーに数回レッスンを受けたのち、本気で自分をためしたくなり、単身ニューヨークへ飛んだ。秦野が知っているのはそこまでだった。

なんか、カメラらしいよ、と、その半年後、やはりぼくのおごりで入った神戸牛専門のしゃぶしゃぶ屋で告げる秦野には、何か悪意が感じられた。ニューヨークにいったっつっても、結局三ヶ月の超短期留学、それだけで帰ってきて、自分の表現方法はカメラしかないいんだとさ。そう言って秦野は笑った。彼が何にたいして悪意を持っているのかぼくにはわからなかった。彼女をなんの見返りもなく思い続けるぼくにたいしてか、好きなことをやりたいように続ける彼女にたいしてか。とにかく、秦野は悪意を持って淀橋君子について語った。個展やるんだって自慢げにくりかえしてさ、どこでやるのかと思ったら、烏山商店街のカメラ屋だぜ？　二週間ずつ、カメラ屋が、カメラ趣味の老人相手に貸し出してる店の壁よ、そこでやんだって。個展。いってやったら？

秦野に最後に会ったのは卒業してから三年たった春の日だった。老舗すき焼き屋はもちろん、ぼくのおごりである。君子ちゃん、と、彼女をなれなれしく秦野は呼んだ。声優だったんだってよー、本当にやりたかったの、声優だったんだって！　秦野はげらげらと品のない声で笑った。今、声優の養成所にかよってるんだってよ。『遠回りしちゃった』ってよ。『でも、私のやってきたひとつひとつが、私の基礎になってるから』だってよ、おい！　秦野はさらに悪意をつのらせて言い、それから、ぼくを見据えて吐き捨てるように言った。

悪いけど、おれもうあの女と会話したくないんだわ。いらついちゃってしょうがねんだよ。これさ、淀橋の住所と電話。これから、自分で連絡してくれる?

秦野はあきらかに何かにたいして憤慨していた。ああそうか、とぼくは思った。彼は嫉妬しているんだ。好きなことのできる淀橋君子に、邪心なく彼女を応援できるぼくに。編集プロダクションでへとへとになるまで働いて、そのくりかえしの秦野にとったら、ぼくらはまるで呪縛のない自由人であり、しかもそのぼくらが満ち足りていればいるだけ、彼がそれを不公平だと口惜しがるのも無理はない。

それからぼくは秦野には会っていない。秦野が淀橋君子に連絡してくれないのなら、彼と会う理由がもうない。それからは、だからぼくは自分で淀橋君子の近況を調べなければならなかった。その後、彼女は深夜ラジオのパーソナリティの仕事を得て、数ヶ月やっていた。ぼくは毎回熱心に聞いた。そのプログラムが終わってしまうとしかし次の仕事はなく、声優学校もやめてしまった。その後、予備校の事務アルバイトをしながらダンススクールに通いはじめた。ストリートダンスをはじめて、発表会に一度出演した。ダンスに通いながらフラワーアレンジメントを習い出し、両立は無理だったのか、ダンスはやめてフラワーアレンジメントだけにしぼった。

フラワーアレンジメントの次は何かと思っていたら結婚だった。ジャズも声優修業も深夜ラジオも、キャスターもストリートダンスも、惜しげもなくぽいっと捨てて、淀橋君子は嫁いでいった。嫁いだ先は東京近郊の地味な町の酒屋である。酒屋の息子といつから交際していたのかぼくは知らなかった。様々な調査・推測の結果、酒屋の息子と淀橋君子は、彼女が写真家を目指していたときに知り合ったようだ。酒屋の息子の趣味がカメラだから、友人を介して知り合ったのだろう。しかしその後二人のあいだで音信は途絶え、一年半ほど前なんらかの理由により再会し、恋に落ち、落ちた勢いで結婚を決めた、超高速婚であると理解した。

そして現在、淀橋君子は、純喫茶の前の、ガラス張りの酒屋にいる。カウンターの内側、レジの前に置いた椅子に腰かけ、熱心に本を読んでいる。キャスターにもジャズシンガーにもならず、声優にも写真家にもならず、酒屋の若奥さんとして、そこにいる。けっして嫌味でも皮肉でもなく、基礎のしっかりした主婦なのだろうとぼくは想像する。

ポスターの隙間、ガラス戸の向こうで淀橋君子は時計を見上げ、本を閉じて立ち上がる。午後四時、彼女が店番を終える時間だ。冷め切ったコーヒーをぼくはゆっくりと飲み干す。それから煙草を一本吸って、会計をすませて店を出る。

淀橋君子は、いつもどおり、茶色い犬を連れて数メートル先を歩いている。

この町に、これといって特徴はない。私鉄駅があって、南口と北口にわかれている。どちらもそれほどかわりばえはしないが、南口のほうが少しだけにぎわっている。駅前には住宅街へと向かうバスのロータリーがあり、その中央から、商店街が続いている。淀橋君子を追うようにして、はじめてこの町に足を踏み入れたとき、テーマパークみたいだ、とぼくは思った。まったく特色のない町を、その特色のなさをなおのこと誇張してつくりあげた架空の町。

商店街ではめずらしく、浜田酒店は三階建てのビルである。一階が店舗、近所では若旦那と呼ばれる淀橋君子の夫の、最近力を入れているワインが店のおよそ半分を占めている。二階に彼の両親が住んでおり、若旦那と淀橋君子は三階に住んでいる。子どもはおらず、焦げ茶色の、車高の低いヤンキー車を思わせる、足の短い犬を飼っている。

淀橋君子は午後一時からきっかり四時まで店番をする。四時過ぎにはヤンキー犬を連れて散歩に出、商店街をあちこちのぞきながらスーパーマーケットにいき、犬とともに引き返す。これがおおよその淀橋君子の毎日である。

淀橋君子が浜田酒店の若旦那と結婚したのが去年の十月、もう一年も前のことになる。

ぼくが意を決してこの町に越してきたのが今年の四月、それさえすでに、半年も前のことだ。

ぼくは浜田酒店から三ブロックほど先のアパートに住んでいる。毎朝、七時に目覚めて仕事をし、十時前後に町を歩く。浜田酒店のビルをちらと横目で見て通りすぎたり、ときには浜田酒店の自動ドアをくぐって、浜田若旦那の両親から発泡酒や安ワインを買ったりする。それから家に戻って昼食をとり、また仕事をして、三時に家を出て、浜田酒店の斜め前にある純喫茶でコーヒーを飲み、気が向けば犬の散歩をする淀橋君子のあとをこっそりつけ、気が向かなければそのままそこでコーヒーのおかわりをして、家に戻って夕食、それから十二時前後に商店街をうろついて、浜田ビルの三階の明かりが、すっと消滅するみたいに消されるのをたしかめてのち、家に帰る。家に帰って眠るまでの時間、ぼくはその日一日に点数をつけて、表を作成する。

分厚い大学ノート——淀橋君子帳とぼくはひそかに名づけている——は、たとえばもし、ぼくが警察に連行されるようなことが起きた場合、まず第一に押収されて問題視されるだろうし、マスコミもこぞってこのノートの存在を声高に吹聴するだろう、と、我ながら思う。しかし実際のところ、毎日の点数が計算され、それが見開きの表になっているこのノートは、それほどけがらわしいものではないし、異常なものでもない。

点数というのはつまり、あくまで主観によってなのだが、淀橋君子との接触具合によるものである。点数は十点満点制で、店番をしている淀橋君子の読みふける漫画雑誌が何かわかったら二点、とか、午前中、部屋着のまま三階のベランダに洗濯物を干す淀橋君子を見られたら五点、とか、部屋着、かつ、カーラーを頭につけたまま、ベランダに椅子を持ち出して煙草を吹かし、物思いにふけっているところを目撃したら七点、とか。もしくは、ぼくの失態で、犬の散歩のあとをつけていてふりかえられ、姿を見られたらマイナス三点、とか（もちろんあちらはぼくには気づかなかったが）、浜田酒店の若旦那と手をつないで歩いているところを目撃したらマイナス八点、とか、そのような、無邪気な、他意のないものである。それでぼくは一日を棒線にして、前日と比べたり、三ヶ月前と比べたりするのである。

そしてここのところ、高得点の毎日が続いていることにぼくは気づかざるを得ない。この町に一軒だけあるワカモノ向け格安衣料店で、自分のものばかりまとめ買いする淀橋君子を見て六点、店に出るはずの午後一時、どこかびくびくしながら街道沿いのパチンコ屋に入っていく淀橋君子を見て八点。十日ほど前は、史上最高の十点が出た。夜の十一時過ぎに、淀橋君子は寝間着に裸足という出で立ちで、浜田ビルを飛び出してきたのだった。それをぼくはたまたま、浜田酒店の並びにある、コンビニエンス・ストアの雑誌コーナーから目撃した。あわててあとをつけた。ばれないかと心配だったが、彼女にうしろをふりかえる余裕はなく、裸足のまま私鉄駅とは反対方向に駆けだして、川を渡ったところにある小学校にしのびこみ、真っ暗な校庭のブランコに腰をおろし、煙草に火をつけた。ぼくはそれを、小学校の正門に隠れ、息をひそめて見つめていた。淀橋君子は煙草を二本吸うと、亡霊みたいに立ち上がり、はたはたとかすかな足音をたてながら、裸足で浜田ビルへと帰っていった。

ぼくは通信講座のテストや作文を採点し、添削することで生計をたてているが、たとえばぼくという人間を説明するときに、「採点・添削業のカガワマサオ」とは、だれも言わないだろう。ぼく自身だって、そんなふうに自分を表現しない。ぼく的には、「淀橋君子をなんの見返りも期待せずに愛し続けるカガワマサオ」という表現が、自分をあらわすのにもっともぴったりくるのだが、しかしおそらく、それでは世間に通用するまい。やはり、てっとりばやいのは「ストーカーのカガワマサオ」ということになるのだろうし、世界は、てっとりばやくてわかりやすいことしか要求しない。それ以外には、悪意を剝《む》き出しにするのだ、たとえばあの、秦野英介のように。

商店街じゅうの電信柱に紐が通され、店名の書かれた提灯《ちょうちん》が並び、夜は赤黄色い灯りがどこまでも続いてうつくしかった。どこかで秋祭りがおこなわれるらしかったが、どこでなのかぼくが知る以前に祭りは終わり、提灯はとりはらわれ、十月になった。私鉄駅のロータリーに、申し訳程度に植えられた木々はみな黄色く色づき、商店街の電信柱には、ビニール製の紅葉《もみじ》が飾られて、風にあおられ耳障りな音をたてている。

その日、昼食後の仕事が早く終わったので、一時過ぎにアパートを出た。そのまま浜田酒店の向かいの純喫茶にいってもいいが、四時過ぎまでいるとなるといささか長すぎる。などと考えてぼくは、とくに目的もなく、しかし浜田酒店だけは避けるようにして商店街をぶらついた。

そうしているうち駅前のロータリーに出てしまい、ひきかえそうとしたのだが、ぼくの目は動物的すばやさで淀橋君子の姿をとらえた。

ロータリーに沿って並ぶ商店のうち一軒が、開店祝いの花輪にかこまれている。あたらしいその店は、この町にはめずらしく古本屋だった。入り口に本の詰まったワゴンを出しているのだが、そのワゴンに群がる数人のなかに淀橋君子はいた。半袖のニットに薄桃色のショールを羽織り、グレイの膝丈スカートをはいている。ショートカットの彼女は、ぼくもまだ大学生であるかと錯覚してしまうくらい、十数年前とかわらず、清潔でたおやかで、気品があり邪気がない。そうであるから遠く離れていてもぼくの目は彼女をとらえるのか、それとも、これだけ彼女を追い続けてきたぼくだから、彼女の発する周波数を感知できるのか、そんなことを考えながら、一介の客を装い、古本屋のワゴンに近づく。

ワゴンのなかには単行本がぎっしり並んでおり、一冊百円と記されていた。本を物色するふりをしながら、彼女に近づく。店番の時間であるのに淀橋君子はワゴンの前から動こうとせず、やがて、一冊を抜き取ってわきに抱える。そのタイトルを見てぼくはぎょっとする。『だめな男とスムーズに別れる十の方法』、それが淀橋君子の腕のなかにある本である。

淀橋君子はそれを持って店内へと進む。ぼくもあとに続いた。レジに向かうのかと思ったがそうではなくて、単行本の棚の前で立ち止まる。古本屋の間口は狭いのに、店内は思いのほか広かった。けっこうな数の人々が、漫画や文庫本の棚の前で立ち読みにふけっている。古本屋の店内にはなぜか、ハードロックが流れている。そういえば店員はみな若い。これは七点、いや八点でもいいか、もしかして九点？　と、ハードロックの曲調に合わせあわただしく考える。

淀橋君子が眺めているのは海外ノンフィクションのコーナーだった。対面の、時代小説コーナーの前に立ち、淀橋君子が次に何を選ぶのか、背後に神経を集中させる。

足先を持ち上げて淀橋君子は上の棚に手を伸ばす。『悪い男』に触れ、手をひっこめ、その数冊向こうの『暴力という病』をとって、ぱらぱらとめくり、それも抱える。横に移動し、『やられっぱなしの女たち』を手にし、数ページめくって元に戻し、その次は、『彼女の証言』、それもまた抱えこむ。ぼくは彼女の隣に移動している。心臓の音で彼女がふりかえるのではないかと思うほどどきどきしている。いや、ふりかえられたってかまわない、彼女はぼくのことなど忘れているのだから。そう思って、彼女が触れる本のタイトルがもっとよく見えるよう、さらに彼女に近づく。

次に彼女が抱えこむ一冊を見て、ぼくはめまいを覚える。『ドメスティック・バイオレンス——結婚という名の檻《おり》』、それが彼女の手にした本のタイトルであった。実際に切り刻まれたかのように胸が痛む。目の前に並んだ書名が突然崩れだしてきて、思わずそれらを受け止めようと両手を差し出して我に返る。背表紙の文字が崩れ落ちてきたのではなくて、ぼくが涙ぐんでいるのである。

ストーカーとは、まったくなんて馬鹿げた命名だろう。愛する人のそばにいて、その人のよろこびや、かなしみや、笑いや傷やほころびを、当の本人と同じくらい、もしくはそれ以上にリアルに感じる、そういうことができるのは恋人でも配偶者でもなく、肉親でもまして神でもなく、ぼくのような存在ではないのか。しかし、神すら排斥するこの国で、この場所で、目に見えて何かの役に立つわけではないぼくのような人間が、名称を与えられずに黙殺され、無視できないとなるとストーカーという分類にむりやり押しこめられる、それもまたどうしようもない現実だ。そんなことを思いながら、ぼくは今日の出来事を、十点まで格上げする決心をする。

気がつくと淀橋君子が目の前に立ってぼくを見ていた。夢を見ているみたいにすぐそこに彼女がいる。意志を持ってぼくを見ている。あまりに現実味がなくて混乱するが、だいじょうぶだ、とぼくは自分に言い聞かせる。彼女がぼくを覚えているわけがない。しかし彼女はぼくから視線を外さず、次第に吐き気がこみ上げてくる。ハードロックが胃にねじこんでくるようだ。

「あの」淀橋君子は声を出す。なんとなつかしい声だろう。ふたたび涙があふれてくる。「どこかで……」そう言って淀橋君子は、まるい、黒目がちな目玉でぼくを凝視する。「ひょっとして、カコガワくんじゃないー?」急にくだけた口調になって淀橋君子は高い声を出す。本をながめていた数人がぼくらをふりかえるが、彼女はいっこうにかまわずに続ける。「そうよ、ぜったいそうよ、あの、M大学じゃありませんでした? あたし、淀橋。社会学科の。あれ、ちがったっけ? カコガワくん、社会学じゃなかったっけ、なんでいっしょだったのかな、あ、ひょっとしてフラ語?」動く小動物の前歯。なんてなつかしいんだろう。ぼくは黙ったまま涙をこらえるだけで精一杯である。口を開こうにも、なんと言っていいのかわからない。この町にいる理由を訊かれたら？　引っ越してきた理由、ここにいる理由、淀橋君子の住むビルの、三ブロック先に住んでいる理由を訊かれたら？

「ねえ、あたしたち、知り合いよね？　そうよね？」

ぼくは何も答えないし、店内の客は彼女をちらちら見るしで、淀橋君子は泣きそうな顔をしてそんなことを訊いてくる。それでぼくは、「あ、ああ、あれ？　ひょ、ひょっとして、あの、淀橋さん？　社会学の？　えーと、たしか、秦野と仲のよかった？」と、必死でおどろく演技をする。汗が吹き出る。

「いやーん、秦野くんー？　なつかしい名前聞いたなー。やっぱりそうよね。カコガワくん。あーよかった。ナンパしてるなんて思われたらどうしようって思っちゃった」

淀橋君子はぼくの肩をばしばしとたたきながら笑い転げ、「ねねね、ひさしぶりだし、お茶のも？　待ってて、あたし会計してきちゃう」そう言ってレジへと向かう。数冊の、悪夢のような本を抱えて。

淀橋君子がぼくのことを——名前はちがうが——覚えていた、向こうから声をかけてきた、お茶に誘ってきた、これは淀橋君子帳的には大失敗の部類に入るのだが、しかし、マイナス点にしていいものか、ひょっとしたら異例の十五点ほどつけてもいいのではないか、などと、レジに向かう薄桃色のショールを見やりながらぼくはあわただしく思いをめぐらしていた。

あたらしくできたお店でね、いってみたかったの、と言って淀橋君子が連れていってくれたのは、商店街の路地を入ったところにある、邸宅風の喫茶店だった。平屋建てで、出窓があり、入り口にいくつも観葉植物の鉢が置かれている。

「隠れ家っぽいでしょ？」と、淀橋君子はそんなことを言ってぼくをさらにどきどきさせる。

窓際のテーブルにぼくらは向き合って座る。客はぼくらのほかにはおらず、スナックのママのような化粧をした中年女が、注文をとりにきて、淀橋君子はビールと言い、ぼくはコーヒーを頼んだ。中年女は数分後、ぼくの前にビールを置き、淀橋君子の前にコーヒーを置いた。

「うふふ」と笑って淀橋君子はビールを自分のもとにたぐりよせる。

「の、飲めるんだ、淀橋さん」

小ぶりとはいえ細長いジョッキに入ったビールを、一気に半分くらいまで飲み干した淀橋君子を見て、ぼくは心底おどろいて訊く。

「うふふ」淀橋君子はもう一度笑い、上唇についた泡を手の甲で拭い、「だって酒屋の女房よ」と言う。それからまた半分の半分を飲み干し、ぼくを上目遣いに見て、唐突にしゃべりだす。

「あ、そんなこと言われても知るわけないよね。あたしね、この近くにあるお酒屋さんに嫁いだの。もう一年くらいになるかな。あ、でもべつに、お店のものに手なんかつけてないわよ、うふふ、なんていうかね、味がちがうの。ビールの味がちがうのよ。あ、もちろん、キリンとアサヒじゃちがうわよ？　そういうこと言ってるんじゃなくて、おんなじ種類のものを、飲むとするでしょ？　うちと、あとはこういう、そとのお店でね。それが、ぜーんぜん、味ちがうの！　これにはおどろいちゃった」

　ははは、とぼくは笑う。笑う場面ではなさそうだったが、ほかにどうしたらいいのかわからなかったのだ。彼女が何について話しているのか、何について話そうとしているのか見当もつかないのだし。

　奇妙な内装の店だった。頭上はシャンデリア、足元はダークレッドの絨毯、客席の椅子はみな猫足、店のそこここにドライフラワーが飾ってあり、サロン風にまとめられているのになぜか、田舎の親戚の家に招かれたようなチープ感が全体に漂っている。店内は薄暗くて、クラシック音楽が流れている。ぼくらのわきに出窓があり、何か非現実的な明るさで午後の空が広がっていた。

「おかあさんてそういうものなのかもしれないわよね？」

淀橋君子は言ってぼくをのぞきこむ。

「え？」

彼女を正面から見ることができない。彼女が何を言っているのかさっぱりわからないのは、ぼくが過度に緊張しているせいだろうか？

「あたし、自分の母親のこと嫌いで、でも、あの人がもしほかの子どものおかあさんだったりしたら、うらやましいって思ってたかもしれないわ。プライドが高くて見栄っ張りで、でも、だから、あたしとかにはいっつもいい服着せてたし。ごはんもね、マクドナルドとかじゃなくて、ちゃんとしたレストランに連れていかれたの。子どものころから味を覚えなくちゃだめだって。あたしそういう母が大嫌いだったけど、あれがほかの人の母親だったら、そういう教育を受けたかったって切望するかもね、とか、思うわけね」

淀橋君子は半分の半分まで飲み干したビールの、さらに半分を、今度はゆっくりと飲む。グラスのなかで金色が、窓から射しこむ偽物くさい光に反射してぺかぺか光っている。カウンターの内側で、スナックのママみたいな女店主がぼくたちの話に耳をすませているのがわかる。

「カコガワくんは卒業してから何してるんだっけ？　先生だっけ？　あの、秦野くんはコピーライターかなんかよね？　あたしの結婚式のとき呼んだのにきてくれなかったわ。あのね、遠藤マミちゃんとか上野サナエちゃんとか覚えてる？　あのへんはきてくれたの、あとね、カジくんもきてくれたなー。カジくんて、コマーシャルつくってるんだって。すごくなーい？　ほらほら、こーゆー角度で、パンチラの女の子がぐっとアイスキャンデー突き出すやつ、見たことある？　あれカジくんがつくったんだって！」一気にしゃべり、ビールを飲み干してから、スナックのママ風店主に淀橋君子はおかわりを注文する。

「上野くんも飲んじゃったら？」とぼくに言い、ふと目を宙に泳がせて、大声で笑い出す。「やっだ、上野くんじゃないって。上野は上野サナエちゃん。いやーんもう、何言ってんだかー」

ドアにつけられたカウベルが鳴り、あたらしい客が入ってくる。これまたスナックのママ調の中年女で、店主と知り合いらしく、カウンターにスーパーマーケットのビニール袋をどさりと置き、店じゅうに響きわたるような声で「ラムのミルクわり！」と注文する。スナックのママ的な二人は、カウンターをはさんでやかましく話し出す。淀橋君子はあたらしい客に背を向けるようにして斜めに腰かけ、ふたたびビールを半分ほど飲んで、ぼくに笑いかける。

細長いジョッキを持つ彼女の白く短い指と、薬指の銀色の指輪と、化粧気のない顔と、そして陽の光を吸いこんでは放出し続ける金色の液体、そのずっと向こうに、ほんのつかの間、彼女の日々を見る。くりかえされる毎日、意味をなさない客との会話、興味の持てない金勘定、スピードを出しきってもはや失速するほどの余力もない夫との関係、出たいという欲求も焦燥もない、だから興奮をもたらす迷路にもなり得ない迷路状の日々。そしてなぜだか、ささくれだった畳や、煮詰めすぎて渋い色の煮物や、ごわごわに毛羽立ったタオルなんかが、つづけざまに思い浮かぶ。しかしそんななかにあって、彼女はかわらず清潔で無邪気で、清楚で上品である。そのことはぼくをひどくかなしい気分にさせる。

「あ、あそこの古本屋、ま、前なんだったっけ?」

話題をそらす。しかしそっちの方面に話を持っていったことをぼくはとっさに後悔する。

「ああ、本屋よ、普通の」淀橋君子はつまらなそうに言って、思い出したように紙袋から本を取り出す。表紙をしげしげと見つめ、それからゆっくりぼくに視線を移す。「だれにもないしょだけど、あたし、小説を書いているの」

　本を抱えこみ、ぼくに顔を近づけ小声で淀橋君子は言った。

「しょ、小説？」あんまり意外でぼくの声はひっくりかえっている。「小説家だったの？」

「ばかね。それはこれからの話。今は書いてる、って言ったでしょ。今ね、いろんな問題あるでしょ？　児童虐待とか、家庭内暴力とか、少年犯罪とかね。あたしだっていろいろ思うわけよ、そりゃあたし何ものでもないわよ、しいて言えば酒屋の若奥さんよ、でもそういう立場だからこそ言えることってあるんじゃないのかなーとか思って。それにさあ、言いたかないけどあたし酒屋の嫁になるために社会学科出たわけじゃないしね。うちの親、泣いた泣いた。酒屋に嫁ぐって、そこで店手伝うって言ったら、もーう、目玉が流れるんじゃないかと思うくらい泣かれてさ。なんのためにM大いかせたって。それもなんかちがうと思うけど、ま、件《くだん》の母親ですからね、そーゆーことしか言えないんだけどね。とにかくさ、カコガワくんも、社会学出てるんだからわかるでしょ？　あたしたち、卒業して何をすべきかとか、何になるべきかじゃなくて、何を考えるべきか、を問われてるのよ。アイスキャンデーのコマーシャルもいいけどさあ、なんか思想がないと、意味ないよねえ？」

カウンターで夢中でしゃべっていたスナックのママ風二人が、大声で笑ったので淀橋君子の話は一時中断された。淀橋君子はポケットから煙草を出して、火をつける。ぼくも煙草を吸おうかと思ったが、どうやらぼくはそうとう緊張しているらしく、尻をずらしてズボンのポケットから煙草を出す、火をつけて吸いこむ、という一連の動作を自然にできる自信がなかった。淀橋君子は出窓に向けて煙を吐き出し、白いマーブル模様が、そのなかに無数の埃を舞い踊らせて移動する。ちがうわよォ、そうよォ、いやあだちがうわよォ、と、中年女二人は言い合っている。カウンターにのったスーパーマーケットのビニール袋からは、長ねぎと、泥つき牛蒡《ごぼう》が飛び出ている。

「あたしそれでね、ネットはじめたの、ホームページつくって、そこにコラムっていうの？　いろいろテーマをあげて、それについて自分の意見を書きこんで。それもまあ、けっこう評判はよかったんだけど、あるとき、あたしには、そういうコラムみたいのより、小説のほうが合うんじゃないかって気づいて、ちょっと書いてみたらこれがね、すごーく、書きやすいの、書きやすい？　ってちがうけど……自分の意見をストレートに言うより、小説という形態を借りてそこに意見をしのばせたほうが、より伝わりやすいし、逆にダイレクトだし、あたしという人間にも合っているって思ったのよ」

淀橋君子の話を聞きながら、説明がつかないがぼくは、自分は童貞ではないのだと彼女にうちあけたい衝動にかられていた。卒業後勤めた会社で同い年の女の子と寝たのだ、その女の子が住む洋風な造りの木造アパートに幾度か泊まりにいったのだと、どういうわけだか言いたくてたまらなくなる。そこに愛はなかったがそれでもぼくらは幾度も幾度も性交したのだと。

「それでこれは……」

その衝動を散らすために、淀橋君子がテーブルの上に置いた三冊に、ぼくは人差し指で触れた。

「ああ、それは資料。あたし、ふつうのラブロマンスとか、なんていうの？　ＯＬの日常とか書く気ないからさ、なんかちゃんと資料そろえて書きたいのね。今興味持ってるのはＤＶとＰＴＳＤでね、ＰＴＳＤのほうは最近認識されてきた病理だから古本屋とかでは、あんまり見つけられないのよね。だからとりあえずＤＶからとりかかろうと思って」

「それ、家庭内暴力ってこと？」

ぼくは訊く。淀橋君子は煙草を灰皿に押しつけて消す。店に入ってから一時間もたっていないはずなのに、出窓に降りそそぐ光は夕暮れの金色じみている。ジョッキには三分の一ほどビールが残っており、ちびちびと、淀橋君子はそれをなめる。

「そうそう、ドメスティック・バイオレンスね。あ、勘違いしないで、うちはそんなんじゃないから。うちなんかさ、夫、もう、超がつくくらいやさしくて、あたし結婚して五キロ太ったの。だってさー、昼はどっか食べにつれてってくれるし、夜は、つくるのはあたしだけど洗いものとか後かたづけとか、ぜえーんぶあっち。掃除も肩揉みもしてくれるしね。だからさあ、あたしわかんないのよ、暴力ふるう男とか、ふるわれて黙ってる女とかね。それで膨大な資料が必要なの、よって古本屋にいかざるを得ないってわけ、あそこ古本屋になってよかったわー。古本屋一軒ないしさ、このあたり。文化的じゃないのよね、とことん。柿崎ブックセンターなんてさ、あ、古本屋の前にあった本屋ね、知能指数疑う品ぞろえだったわよ」

「社会派なんだ」ぼくは言って、笑った。だいぶ緊張は解けていた。

「だって社会学科卒だもん」彼女は笑わずに答えた。

時計を見ると四時を過ぎていた。犬の散歩にいく時間だと教えたかったが、そんなことを言ったら彼女をつけまわしていることがばれてしまうので黙っていた。彼女はビールを飲み干して、煙草をせかせか吸い、それからやおら立ち上がった。

「カコガワくん、こんどうちにも遊びにきてよ。うちは飲み放題だし、あたし料理もうまいのよ。それに、あたしの小説を読んで意見を聞かせてよ」

テーブルに置かれた勘定書を彼女が手にしたので、ぼくが払うと言うと、彼女はそれをぼくに押しつけてカウンターに背を向け出口に向かう。薄暗い店内で女主人に勘定書を渡す。カウンターに座っていた女が急に甲高い声をあげて立ち上がった。

「やーだー、やっぱり浜田さんとこの若奥さんじゃない、似てるなあー、と思ってたのよ、やあーだあー、お店さぼってあいびきぃー？」

中年女は信じがたいなれなれしさで淀橋君子に近づいてあちこち触れ、胃がむかつくような声で笑う。彼女なりにひどくおもしろい冗談を言っているつもりらしかった。

「あ、こんにちはー、いらしてたのー？　ちがうんですよ、こちらあたしのM大のときの同級生。カコガワくん。同窓会があるんで、その打ち合わせしてたんです。あいびきなんて、めったな噂流さないでくださいよー、お豆腐屋さん、こわいからなー」

淀橋君子は流暢《りゅうちょう》にそんなことを言って、中年女と似た種類の声で笑った。冗談で応酬しているらしかった。

店の前でぼくらはわかれた。じゃあ、またねー。淀橋君子は、手をふりながら小走りに去っていく。彼女の向かう先に夕陽があって、輪郭が金色に浮かび上がり、まるで天使みたいに見えた。

淀橋君子も、ぼくと同じく、ここにいる理由を見つけられないでいるらしかった。許可を得てないと感じているらしかった。ぼくはふいに、いつか夜の校庭で見た、淀橋君子の煙草のあかりを思い出す。しずかに点滅をくりかえす、闇に溶け入りそうなちいさな、たよりない光。

ぼくらは、カコガワくんでもなく、淀橋君子でもなく、かといって、カガワマサオにも、浜田君子にもなれず、名を捜すようにこの町をうろつき続ける。

今日の点数は、プラスに換算するべきかマイナス評価にするべきか、迷いながらぼくは浜田酒店の前をすぎる。

百合と探偵

まったくむかつくったらない。若いやつらってのは中年以降の女なんて女じゃないと思っていやがる。若い男がそう思うならいいさ、けど、女がそう思っているから腹がたつ。着飾って、男にちやほやされて、鞄だの靴だの買ってもらったって、二十年三十年すりゃあんただって立派な中年だよ、と耳元でがなって忠告してやりたくなる。

たとえば酒屋の女。一度、旦那でもない男とここへきて、昼間だっていうのにビールをがんがん飲んで、男にしなだれかかって、自分は大学出だと強調して出ていった、あの女。あれから幾度か、ひとりでここへくるようになったけれど、あたしのことを絶対に見ない。金を払うときも、ほしけりゃ拾えば、とでも言いたげに小銭を投げてよこすし、いつだったか、生協スーパーでばったり会ったときなんか、ウインナの百円つめ放題に夢中になっているあたしを指さして、旦那に何か耳打ちして笑っていたっけ。ばっかじゃないの。こんな町の、しょぼけた商店街にビル建てた酒屋に嫁いだからって、なに威張ってんの。アル中女め。

それに、さっき帰った女たち。毎週水曜日やってくるやつら。どっかで料理教室が開かれてるらしいけれど、どこからあつまってくるのやら、バケツいっぱいの香水をひっかぶってきたようなあの女ども、いったい何をあんなにえらそうにしているのか意味不明だ。そりゃ腹にまだ妊娠線もついてないだろうし、二の腕の贅肉《ぜいにく》もそれほどじゃない、どんなやつだか知る由もないけれど、旦那の稼いだ金で好きなことをさんざんやって、酒屋の女みたいに別の男ともいちゃついてるんだろう。毎週ちがう服着て、爪ぬって、香水ひっかぶって、それがなんだってのさ。なんであんな馬鹿女たちに、「こんな店」呼ばわりされなくちゃなんないのか、あたしにはわからない。「こんな店しかないのよね」だってさ。ばっかじゃないの。一生だしまき卵失敗してろ。

それでもとりあえず、ありがとうございましたと頭をさげてやつらを見送り、カップのあとかたづけをしていたけれど、どうにもむしゃくしゃする。どうせあと数十分はだれもきやしないだろうから、「すぐ戻ります」の看板を店先にぶら下げて、あたしは花屋へ向かう。

花屋の軒先で季節を知るなんてさびしいけど、でも実際そうだ。チューリップがずいぶんそろってる。しかし最近は、黒から白まで、ない色はないっていうくらい多彩だ。

チューリップとライラックとを選び、店先の鉢も気になって、結局、カランコエとパンジーの鉢も合わせて買う。春だし、うちの入り口もぱっとはなやかにいかなきゃ。

この商店街のたいがいの人間は、そうしなければ銃殺されるという決まりがあるかのように買いもの客に話しかけるけれど、この「花と緑のいいじま」の店員たちは具合よく無愛想であたしは好きだ。お花見しました？　だの、花粉今年はきついですね、だの、馬鹿げたことを言ってこない。

花をかかえて商店街を歩く。ふりかえる。数人が歩いている。スーツ姿や、子どもづれや、パンツが見えそうな女子高生たち。あたしのあとをつけている人間は、いそうもない。商店街に不均等に植えられた木々が、緑の葉を生い茂らせて陽の光を浴びている。

店に戻ると豆腐屋の奥さんが入り口で待っている。まったく、この人のさぼり癖はビョーキの域だ。一日に三回はコーヒーかラムを飲みにくる。

「やーだー、ごめーん、花買ってたからさー。待っちゃったー？」

「いいのいいの、今きたとこ、きっとすぐ帰ってくるだろって、待ってたのよ、コーヒーだけ飲ましてよ、すぐ帰るからさ。やーだ、きれいねこの花」

店の鍵を開けるあたしの背後で、豆腐屋は言う。豆腐屋とあたしは一歳違いだ。だからこの女と話していると安心する。少なくとも豆腐屋は、中年以降の女が女じゃないなんて思っていない。だって自分も中年だもん。豆腐屋がまだ旦那と夜の関係を持っているかどうか、あたしはときどき知りたくてたまらなくなるんだけれど、もちろんそんなこと訊かない。

「奥さん、ラムのミルクわりだっけ？」あたしは訊く。

「ううん、コーヒーでいいんだってば。でさ、でさ、どうなった、あらわれた？　例の」

カウンターの、いつも座る椅子に腰かけて豆腐屋は言う。コーヒーメーカーをセットしてから、湯を沸かす。チューリップを新聞紙にくるみなおしながらあたしは笑う。

「あらわれやしないわよう、奥さんがさあ、あんなこと言うから、今だってあたし、だれかにつけられてやしないかってびくびくしながら歩いてきたけど、べつに、だれかがつけてる気配なんかないしねえ。奥さんさあ、あたしのこと、からかってんじゃないのお？」

ケーキを出そうかどうしようか考えて、やめておく。昨日はシュークリームを出したんだった。店のじゃなくて、買ってきたものがたまたまあったから。毎日サービスしてやることはない。豆腐屋、豆腐しかくれないし。

「アラからかってなんかないわよ、マジよ、マジ。言ったもの、商店街の路地入ったところの、去年できた喫茶店アンって。店主の国枝園子さんって。ねえ、もし本人がきたら、かくさないでちゃんと教えてよ？」

「マジなんて言葉、よく使うわねえ、奥さんもさあ」

あたしは言い、口元が自然ににやけるのを豆腐屋に見られないよう、背中を向けてバケツに湯を入れる。水を足し、そこにチューリップを放つ。

「でもさあ、今朝もあたしテレビで見たけど」少女のように頬杖をついて豆腐屋は言う。「ああいうの、どうなんだろうね。今日なんかはね、六十歳のおじいさんがさあ、やっぱり初恋の相手を捜すのよ。でさあ、見つかったんだけど、べつに、普通のおばあさんよ？　でもそのじじい、泣いちゃってさあ。ねえ、どうよ？　あんただったら、会いたいと思う？」

「うーん、どうだろ」

豆腐屋の前にコーヒーを置く。流しに薄緑のライラックをならべ、順に茎に切りこみを入れていく。顔をあげると出窓からカーテン越しに、黄色じみた光がさしこんでいる。ここを最初に借りようと思ったとき、この出窓が気に入ったんだった。出窓というより、出窓越しの陽の光が。なんていうか、斜めにさしこむこの黄色い光を見ていると、時間が止まったような錯覚を抱く。

「あたしだったらいやだね。だって、相手おっさんよ、きっと、ただの。ただのおっさん見たってがっかりするだけ。ま、あたしもただのおばはんだけどさあ。年老いた昔の相手を捜す人の気持ち、あたしはわかんないわねえ」

言って豆腐屋は笑う。いやなことを言う。きっと焼き餅を焼いているんだ。田舎ものはこれだから。

初恋の人があんたを捜してる、と、豆腐屋が言いにきたのは一週間ほど前のことだった。豆腐屋の店先に、見るからに堅気じゃない感じの男がきて、自分が探偵事務所のものである旨説明し、続けて彼はある人から初恋の相手捜しの依頼を受けたと言い、あたしの名を出したというのだ。対象者は何人かにしぼられているのだが、この町の国枝園子その人であるという確証がまだもてないから、彼女について知っていることをできるだけくわしく教えてくれと頼まれたのだそうだ。

「あーコーヒーおいしい。さーて、帰って仕事すっか。またあとで、こられたらくるね。ごちそうさま」

豆腐屋は言って、小銭をカウンターに並べて店を出ていく。出窓からさしこむ光のなか、埃がゆっくり上下している。店はしずまりかえっている。探偵はいったいどこにいるんだろう。訊きたいことがあるなら、あたしに直接訊きにくればいいのに。小学校から高校まで、はじめて勤めた会社からパートした飲食店まで、ひとつ残らず全部教えてあげるのに。

住まいは喫茶店の奥にある。台所と二部屋のちいさな住まい。だいたい七時か、おそくとも八時には店を閉めて、買いものに出る。総菜のまる屋で一、二品買うことが多いけれど、気が向くと料理もする。豆腐屋にあの話を聞いてからは、生協スーパーで買いものをして料理をしている。だってさ、嘘か本当かわからないけど、だれかがあたしを見ているとしたら、総菜屋じゃちょっと格好悪い。総菜屋で夕食をすます中年女なんて、百年の恋も冷めちまう、と思うよ。

今日も買いもの袋をぶら下げて、夜道を歩きながら幾度もふりかえったけど、探偵然とした人なんか、見あたらなかった。でもそういうものなのかもしれない。尾行って、気づかれないようにするものだもん。こんなおばさんに見つかるような尾行だったら、そいつは探偵不合格なんだろうし。でも、あんまり本気にするのはよそう。豆腐屋だって、年が近いからってだけで気を許してるけど、どんな人間かはまだわからない。ひょっとしたら、あんなことを言うだけ言って、総菜を買わずにスーパーで買いものをしたり、ウエストがゴムのズボンじゃなくてスカートをはくようにしたり、エプロンを新調したりしてるあたしをあとであざ笑うのかもしれないし。

そんなことを考えながら喫茶店へ続く路地を曲がったところで、

「すみません、おたく喫茶店アンの、国枝さんでしょうか？」

背後から声をかけられてびっくりした。色の白い、細長い顔の女がぼうっと立っている。

「そうですけど」

「あたし、あのアパートの二階に住んでるものなんですけれど」三十代くらいに見える女はそう言って、あたしんちの隣にある軽量鉄骨アパートを指す。

「ああ、どうも」あたしは頭を下げる。女は頭を下げずあたしを食い入るように見ている。

「こないだ、探偵だって言うかたがいらして」女はなぜだか声を落とす。「あそこに住んでる人はどんな人かって訊かれたんですけど」女は言葉を切り、少し音量を上げて続ける。「私、とてもいいかたですって言っておきました」女は言ってじっとあたしをのぞきこむ。

はあ？　だからなんだってのさ。とりあえずあたしは、

「そりゃあどうも」なんて笑ってみせる。

女はその場に突っ立ったままアパートに向かう気配もなく、商店街にきびすを返すよ

うでもないので、あたしも仕方なく女と向き合って所在なくその場に立ちつくす。女はまだあたしを見ている。言葉を待つが何も言わない。なんなんだろう。まったく若い人の間のとりかたってのはよくわからない。

「こないだも商店街の人に言われたんだけど、なんでも、昔の知り合いがあたしのこと捜してるらしいのよね」女が黙ったままだからあたしはしゃべる。「ほらよくテレビであるじゃない。あ、ちがうわよ、あたしには捨ててきた子どもなんかいないから。あはは。そういうんじゃなくて、なんていうの、初恋の人をさ……」女はまだあたしを見ている。「すいませんね、なんだかご迷惑かけちゃったみたいで」そう言って頭を下げると、ようやく口を開いた。

「いいえいいんです、ただあの、びっくりしちゃって」

あたしたちは薄暗い路地を並んで歩きはじめる。商店街の明かりが、淡く足元に広がっている。

「そういうのって、っていうか探偵とかって、テレビでしか、見たことなかったから何ごとだろうって」

女は言って、口元を手で押さえて笑った。明かりの落とされた喫茶店の前であたしたちは頭を下げあう。

「ほんと、なんだか悪かったわね、あたしのせいじゃないとはいえ」

「見つかるといいですね、初恋の人」

女は言い、奥にあるアパートに向かって歩き出す。喫茶店の裏にある玄関にまわりながら、女のまちがいにはたと気づき、ちがう、あたしが初恋の人を捜してるんじゃなくて向こうがあたしを捜してるんだと訂正したくなるが、べつに、追っかけてって言うほどのことじゃないやな。

いったいだれなんだろう。暗闇にぼんやり浮かぶ天井を見据え、あたしは考える。豆腐屋の話はどうやら嘘ではなさそうだ。隣のアパートの女が嘘を言うはずがないんだし。いったい、だれがあたしを捜しているんだろう。

すぐ思い浮かぶのは元夫だけれど、それはまあ、彼がそういうことをしそうだというんじゃなくて、昔、似たようなことがあったからさ。あれはあの人じゃなく、あの人の親の差し金だったけど、結婚前に、なんだかずいぶんあたしのことを嗅ぎまわっていたっけ。そういう時代でもあったしね。それに、あたしはあの人以外に、男の知り合いなんてほとんどいない。夫とちがって、あたしは恋人なんかできなかったし、異性と遊ぶ器用さも持ち合わせてない。

わかれてほしいって言われたときは、正直、びっくりした。まあ、依子《よりこ》も家を出て、二人で暮らすことの居心地の悪さに、あたしだって気づいていたけど、べつに、女とか、そういう問題じゃないと思ってた。だから、長年つきあっている恋人がいるのだと告白されて、さらに度肝を抜かれた。ほんと、あのときは、開いた口がふさがらなかった。だって、たとえばさあ、西郷輝彦ならわかるよ。加山雄三でも、鹿賀丈史でも、ただのたけしでもいいや、それならわかるけど、うちの夫なんて、電車に乗れば一瞬でどこにいるのかわからなくなるくらい平凡な、頭髪の薄いただのサラリーマンで、足もくさいしトイレの床は汚すし、依子だっていっしょの槽で下着を洗うのをいやがるようなおっさんで、それが、恋人、だもんねえ。その言葉がすでに似合わないいっちゅうの、なんて悪態をつけるようになったのは、でも離婚が成立してからだった。

店を持たせてくれるという条件をのむならわかれてもいいとあたしは言った。店をはじめた友達を手伝ったことはあるけど、正直な話、自分の店を持ちたいなんて考えたこともなかったから、なんで自分がそんなことを言っているのか不思議だった。

一年かかった。飲食系や経営系のコンサルタントに話を聞き、かつての知り合いを捜し出して相談し、金勘定をして、講習会に出てセミナーに出席して。原価率だの商品管理だの事業計画だの帳簿だの、あたしのこのちっぽけな脳味噌にとうてい入り切らなくて、あんな条件を出したことを早くも後悔しはじめた。とんでもなく金がかかることがわかったし、煩雑な雑事が山積みだった。こんなことしているあいだに夫の浮気も終わるんじゃないか、終わってくれとひそかに願っていた。

けれど後戻りはできなかった。というより、夫が後戻りさせてくれなかった。あたしより躍起になって走りまわり、一日でも早くあたしに店を持たせようとしていた。それほどまでの情熱であたしとわかれたいらしいとわかって、なんていうか、かなしいというより、ひたすら驚いた。

店舗を捜すために、夫と、知らない町をずいぶんあちこち歩いた。三十年くらい前のことをあたしは思い出しちゃった。お金がなくて、喫茶店にも入れずに、ただひたすらいっしょに歩いていたころのことなんかを。デートをしていたあのころも、店舗を捜したそのときも、あたしたちはむっつりと黙って歩いていた。線路沿いを、銀杏《いちょう》の木の下を、街道沿いを、ひとけのない路地裏を。

奥さんが一角《いっかく》でブティックをしていたという一戸建てが売りに出されていた。三十坪もないちいさな平屋の家。家主夫婦は子どもの独立を機に都内のマンションに移るらしかった。子どもの独立を機に離婚するあたしたちがそこを買うんだから、世のなかってずいぶん皮肉なもんだよね。内装工事にかかった六百万円だけは自分で出した。それくらいのへそくりならあった。手続きも届け出も終え、あとは開店を待つばかりの、どこか浮き足だった喫茶店のフロアで、夫と向き合って離婚の用紙にサインと捺印をした。離婚を切り出されてから一年がたっていた。本気だったんだ、と、今さらだけれど、ドアから出ていく夫の背を見送ってあたしはつぶやいた。

見知った人間もおらず、縁もない、言葉が通じるという点をのぞけばロシアの片田舎とまったくかわらないほどあたしと隔たった場所で、店を持ち、ちいさな家を持ち、暮らしている。ひょっとしたら、最初からあたしはここを目指して日々を送ってきたんじゃないかと思うことがある。学校にいったのも就職したのも、お見合いしたのも恋をしたのも、結婚したのも子どもをつくったのも、家庭というものを持ってみたのもぜんぶ、ここへくるために、我慢して通過してきたことがらのように思えることがある。それはけっして、今がものすごく充実、とか、満足、とかって気持ちじゃない。だからあたしはいつも、ここを目指していたのかもしれないという思いにとらわれるとき、本当に、唖然とするんだ。こんなところだったのかって。必死になって手に入れて、大事に握りしめていたものをすべて手放して、かわりに今てのひらにあるものは、これっぽっちなのかって。

開店はだいたい九時半前後で、二日にいっぺんは早起きして自分でケーキを焼く。チーズケーキとアップルパイ。気が向けば焼き菓子やタルトなんかを作るけれど、それもごくたまのことだ。

　製菓学校にかよったのは二十年以上前になる。依子が幼稚園にあがったころ。依子はアレルギーがあったから、手づくりの菓子を食べさせてやりたくてかよったんだった。そこで取得した免許がこんなふうに役立つなんて、そのころはこれっぽっちも思わなかったけど。

　室内に入れておいた鉢を全部おもてに並べていく。花好きらしい女たちにときおり声をかけられるけれど、あたしは花についてはなんにも知らない。草花はただ、育てやすくて、頑丈で、ちょっとくらい水をやり忘れても枯れずに、ひたすらしずかに葉をのばすものがいい。アイビーやカラジュームは地面に近く並べて、花の開いたシクラメンやアザレアは階段に置く。階段っつったって、たった三段の、意味のないちゃちい段だけどさ。昨日買ったパンジーは観葉植物に混ぜて地面に置いた。そこがまるで土の道で、偶然花が咲いたみたいに見える。

　掃除を終えて開店すると同時に、スーツ姿の男が入ってきてどきっとした。出窓に近いテーブル席に座って、コーヒーを飲んでいる。本を読むでもなし、書類に目を通すでもない。何をするでもなくコーヒーをすすり、ときおり顔をあげて窓の外を見ている。

ひょっとしたら探偵かもしれないと思ったが、あたしに何も訊いてこない。契約している業者がコーヒー豆を配達し、煙草の販売業者が立ち話――子どもが今度小学生になったとかそんな話――をして去り、十一時過ぎにちらほらと客が入りはじめても、男はじっとその席に、何をするでもなく座っている。かぎりなくあやしいが、まさかこっちから、訊きたいことはなんでも訊いてよ、なんて話しかけるわけにもいかない。

午後いちで豆腐屋があらわれるのと入れ代わりに男は去った。最後まで何も訊かなかった。

「あーもうさあ、昼夜昼夜、ごはん考えんのもやんなっちゃうよねー。あたし今ごはんスランプ。マジで。献立、なあーんにも思い浮かばない。奥さんさ、昨日何食べたー？」

豆腐屋は今日はもう探偵の話を口にしない。つまんない。あたしから言うことにする。

「昨日さ、隣のアパートの人に言われちゃった、やっぱりだれかが捜してるみたい。なんか、気味悪いわよね」

「やっぱりって何さ、あたしの言ったこと嘘だと思ってたのお？」豆腐屋はカウンターにタッパーを広げる。「これさ、豆腐でコロッケつくってみたの、ちょっと味見してよ」

豆腐屋は意外にチャレンジ精神旺盛で、いろんなものを試作している。こないだはおからの唐揚げだった。なかなかおいしくて、そう褒めたらしばらく店で売っていたらしいが、あんまり評判はよくなかったと聞いた。カウンターで豆腐屋と向き合い、そのもそもそしたコロッケを食べる。

「あたしのさ、はじめての男さ、関西のさ、おっきな酒屋の息子だったの。未だにときどきさ、あたし考えんの、あいつとわかれてなかったらあたし今ごろ左うちわだったなーとか。そう思うときはさ、あんまりいいことないときね。逆にさ、でかい酒屋なんかいったら姑にいじめ殺されてるにちがいない、なーんて思うときはさ、ま、人生そここうまくいってるときよ」

豆腐屋はどことなく恍惚とした表情で、めずらしくしんみりとそんなことを言う。あたしはまだ処女だったころの豆腐屋の面影を捜しながら、彼女をまじまじと見つめて神妙にうなずいてみせる。


できるだけ知らない町がよかった。ちいさくて、けれど風通しのいい町がよかった。がらが悪くなくて、こぢんまりした町。川があればなおのこといいし、そんなことあるわけないけど、でもまあ、できるだけ住人が善良であればいいなと思った。この町は八十点だった。最高得点だ。知り合いがひとりもいない場所で商売をはじめるなんて無謀だと、セミナーの講師にも飲食コンサルタントにも、商売をやっている友達にも言われたけれど、べつに大儲けしようなんていうんじゃない。何もしないで生きるなんてできないから、店を開くだけだもの。失敗したらまたどこかへパートに出ればいい。

住んでみたらその八十点がマイナスされていくことなんか、わかってた。男とおんなじだ。交際して一緒に暮らして、長いことといっしょにいれば、最高と思った相手だって次々と引き算されて、いつかかぎりなくゼロかゼロ以下になっていく。

たぶん、今のあたしを、たとえば十七歳のあたしが見ていたら、不幸だ、と即座に言うだろう。自殺くらい企てるかも。冗談じゃなくて、十七歳のころのあたしは実際、傷つきやすくて繊細で、将来のことを考えてはくよくよしていた。将来がこれだと知ったら、簡単に絶望してたろうね。

依子が三歳のころの、二十七歳のあたしが今のあたしを見たら、やっぱり不幸だと、眉をひそめて言うと思う。一生懸命子どもを育てて、これから、どんなことがあっても笑い声が絶えない家庭を作っていこうと、そのためにだったらなんだってすると誓っている自分の先にいるのが、このあたしだと知ったら、まさか自殺までは考えないだろうけど、幼い依子を虐待くらいはしてたかもね。そんなことのために依子を保育所にあずけて製菓学校にかよっているんじゃない、って反発して、学校も辞めるだろうな。

十年前のあたしだったら？　やっぱり、不幸と断言するだろう。依子が地方の私立大にどうしてもいくと言いはって、仕送りのために、死にものぐるいで働いていたのがちょうど十年前。知り合いがやってた飲食店の手伝いと、パン工場のパートを掛け持ちして、休みもなく働いて、自分のセーター一枚買えなかった。夫も買ってくれるような男じゃなかったし。ああ、ちがう、買ってくれるような男じゃないのではなくて、浮気先に金を落としていたから、よけいなものを買う余裕がなかったってわけか。なんで今まで気づかなかったんだろう。それでも、こっそり浮気され、慢性寝不足で、更年期の諸症状に苦しめられ、馬車馬みたいに働いていたあのころのあたしでも、今のあたしを不幸と言い切るだろうね。

たったひとりで知り合いのいない町に住み、コーヒーをいれ続けるだけの中年女を、このまま老いていくのであろう孤独な女を、どの年齢のあたしもきっと不幸と思うだろう。

暗闇に浮かぶ天井を眺めて、あたしはそんなことを考えている。

いったい、だれなんだろう、あたしを捜している男というのは。初恋って言っていたから、中学か高校の同級生だろうか。はじめて勤めた新橋の、おもちゃ会社の同僚とか。接触のあった異性を思い起こそうとするが、天井に浮かび上がるのはみな、彼が見ていたのであろうあたし自身の姿だ。白いブラウスに紺のスカート、真っ黒いおかっぱ頭のあたしや、パーマをあててフレアスカートをはいていたあたしや。天井にあらわれては消えていくかつてのあたしたちを、異性のごとく見つめ続ける。布団から首だけ出して、暗闇に息をひそめて。

ああ、あたしって、きれいだったんだなあと、眠りに落ちる前、ぽかりとした心持ちでそんなことを思う。本当にきれいだったんだなあ。忘れられなくて、捜し求めているそのだれかの気持ちもわかるよ。そのだれかがあらわれたら、今のあたしを見てなんと思う？　やっぱり、不幸だと思うだろうか？　昔の面影もありゃしないって、がっかりするんだろうか？

ちょうど店にはだれもいなかった。食後のコーヒーを飲む客たちが去って、休憩をしにくる客もまだあらわれない、午後二時すぎ。春というより初夏みたいな陽気で、午前中につぼみのまま買ってきた百合が、昼すぎにはほとんど全部全開してた。カウベルが鳴ったときあたしは焼きあがったパウンドケーキを切り分けているところで、いらっしゃいませ、と顔をあげずに言ったものの、入ってきた客の様子がおかしいことは気配でわかって、ゆるゆると顔をあげた。

入り口に女が立っている。茶をしばきにきたのでないことはすぐにわかった。女は席に着く様子もなく、ドアの前に仁王立ちしてこちらを見ている。逆光で女の顔はよく見えない。隣のアパートの、細長い顔の女かと最初思った。三十代くらいに見えたし、地味なところが似ていたから。

ちがった。依子だった。娘だった。地方の大学にいってからほとんど帰省しない、今年二十七歳になる娘だった。

「やあだ、びっくりした、だれかと思っちゃった」自分でも驚くほど大声で言っていた。離婚のことも、引っ越しのことも、喫茶店のことも手紙で伝えてあった。返事はこなかったけどさ。

「なあによう、ひさしぶりじゃないの」口元がほころぶのが自分でわかる。ずっと、捨てられたような気分でいた。依子がここを訪ねてきてくれるなんて、思ってもみなかった。「あ、今さ、ケーキ焼きあがったの、あんた、食べる？　ひさしぶりでしょ、あたしのパウンドケーキ。あんた好きだったじゃない」あたしは言い、言いながら、依子が決して椅子に座ろうともあたしに近寄ろうともしないことに気づいていた。

「趣味の悪い店」

仁王立ちしたまま依子は吐き捨てるように言う。カウンターの内側で、あたしはぽかんと、そこに立つ女を見る。

「アンって何？　アン王女？　ばっかみたい。ださすぎ」

パーマもあててない黒い直毛。ベージュのタイトスカートに、白いシャツを着ている。化粧気のない白い肌。一重で細い目は父親と似ている。

「あたしね、あなたがきらいなの」出窓から射しこむ黄色い陽を浴びて唐突に依子は言う。「ずっときらいだったの、いつだって自分のことばっかりで、あたしやおとうさんよりいつだって自分を優先させて。この店も、おとうさんからお金をふんだくってはじめたんだってね、おとうさんが一生懸命働いて稼いだお金。あなたはいつだって、自分勝手でわがままでひとりよがり」

依子は高校生のときとかわらない、舌足らずな、か細い声で話す。何を言われているんだか理解しそこねて、それから、依子が何をしたいのかわからなすぎて、

「そうだったっけ？」

あたしはそんなことを言い、そうする気もないのに、えへらえへらと笑ってみせる。

「あなた、父兄参観、一度もきたことないよね、なんだっけ、ヨシダとかいう馬鹿女のへんな洋服屋手伝ってたよね。まいんち気がちがったみたいな派手なかっこして出歩いて。あたしだけだったよ、父兄参観に親きてないのって。運動会だって、あなたきたこ

となかったね。一度、おとうさんが会社休んできてくれたこともあったよ。それに、おとうさんが入院したときだって、あなたは一回もお見舞いにいかなかったね、洋服屋あきて、今度はまたどっかの馬鹿女がやってる食堂手伝いにいって。浮かれて、得意になって」

父兄参観？　運動会？　依子は気が狂ってしまったんじゃないかと本気で疑い、逆光のなかに立つ彼女にあたしは目を凝らす。そういう病気があるんじゃなかったっけ。過去と現在の時間がごっちゃになるような。依子はじっとあたしを見据えている。気が狂っているようには見えない、と思うが、続けて、あたしは今まで気が狂った人間なんか見たことないと思いあたる。

依子は何を言っているんだろう？　二十年近く前のことを持ち出して、あたしにどうしてほしいっていうんだろう？　そこに立って必死に何かを訴えようとしている娘の心情を理解しようとあれこれ考えているうちに、しかし、水にしずめた一円玉がふいに浮き上がるように、たった一言、ぽこりと心の内に浮かぶ。――醜い娘。こんなに醜いんだから、男に相手にされるはずがない。思ってから急いであたしはそれをうち消す。何を言ってんの、自分の娘だろ、醜いなんてことあるか。ちいさなてのひらをまっすぐこちらにのばして、舌足らずな細い声で懸命にしゃべり、体のなかに不思議な楽器を持っているんじゃないかと思うほどきれいな声で笑った、あの娘だろ。出来合いのケーキにも菓子にもアレルギー反応を示して、真っ赤な顔で泣きながら食べたものをもどしてしまう、あのちいさな娘だろ。この子の、おいしいというたった一言が聞きたくて、時間をやりくりして製菓学校にもいったし、料理教室にもいった。電車のなかで眠りこけて、寝過ごして終点までいったことも何度かあった。今のおかあさんがたとちがって、お弁当にだって、冷凍食品なんか使ったことないよ。好物は詰めものをした南瓜《かぼちゃ》。まるごとの南瓜に鶏挽肉《ひきにく》、みじんの野菜を詰めてさ、蒸して、ケーキみたいに切り分けて甘辛いあんをかけるおかずが好きで、台所で南瓜を見ると大騒ぎしてよろこんだ、屈託のないあの娘だろ。醜いはずがない。学校にいくのがいやだって泣いて、ときどきこっそり逃げ帰ってきて、それで、あたしはこの子の持ちものすべてに、うさぎのうさこのアップリケを縫いつけてやった。この子はそれが大好きだったからさ。おかあさん、あたし、うさこがいると思って、帰ってくるのがまんしたんだよ。台所であたしのエプロンを握りしめて、蚊の鳴くような声で耳打ちした、あの内気な子だよ、ここにいるのは。

醜い女。でもあたしはそう思っている。同情に近く、思っている。きっとまだ処女だ。だらしない太りかたが、その証拠だ。

「あたし、結婚するの」

まるであたしの考えを読んで、それに挑んでくるような口調で依子は言う。

「あら、そりゃあよかったじゃない」言いかけると、依子は強い口調で遮る。

「ほかの家に嫁ぐの。あなたとは他人になるの。あたしはあたしで生きていくから、あなたはここで生きていったらいいじゃない。たったひとりで、いくらでも好きなように」

あっ、と声を出しそうになる。初恋の相手。探偵事務所。喫茶店アンの女主人。ああ、そうか。そうか、そうか。

「お見合いでもしたの」黙っていろと心のなかで命令するのに、あたしの口は依子に訊いている。

依子の顔は一瞬さらに醜くゆがみ、

「そうよっ」声を荒らげる。「あなたから一刻も早く離れたかったから！　あなたと同じ戸籍にいたくなかったから！　一刻も早く、一刻も、一刻も、一刻も」しぼりだすように依子は言う。

そこに突っ立ってあたしをにらみつけている醜い女に、あんたの結婚相手は探偵を雇ってあんたの素性を調べているよと教えてやりたくなるが、わきあがるどんな言葉も、あたしは理性で制してのみこむ。今さらこの女を傷つけたってしかたない。そうだ、そうだよ、あたしに恋しただれかがあたしのことなんか捜しにくるはずがない。あたしの元夫の両親も、そんなふうに、あたしの素性をかぎまわっていた。両親はまともか、きちんと職を持っているか、育ちは悪くないか、借金はないか、身持ちは悪くないか、身内に厄介者はいないか。それを知ったとき、あたしのことを知りたいのならあたしに訊けばいいのにって思った。あんな風習、昭和の年号とともに廃れたとばかり思ってたけど、世のなかはあたしが思うよりかわらないものらしい。食器洗い機の性能なんかはずいぶんよくなったけど、人のやることなんて進歩しないもんだ。

「大丈夫よ」あたしは言う。自分の声が耳に届く。布団に横たわり、幼い依子に絵本を読み聞かせたときとかわらぬ声だと自分で思う。声は老いないものなのか。「大丈夫。あんたの結婚の邪魔なんかしない。あんたのしあわせの邪魔なんかしないよ。だから安心しなさいな」

父親に似た醜い娘はあたしからふと目線をはずす。

「大丈夫だよ、心配なんかしなくったって。あたしはずっとここにいて、あんたのところにのりこんでいったりしないからさ。母親づらして、面倒みろだのなんだの、言うわけないよ」

あたしは言う。だれにも存在を気づいてもらえないような地味な出で立ちの娘は、たよりなげに視線をさまよわせ、何か言いたげに口元を動かすが、言葉は出てこない。

この女もいつか、布団から首だけ出して、暗闇に息をひそめて、たったひとり天井を見つめて、思うことがあるんだろうか。こんなところかって。そこを目指して、必死になって歩いて走って、たどりついたところは、なんだこんなところだったのかって思うんだろうか。思って、そして奇妙な安堵を感じるんだろうか。そのてのひらに何も握っていなくていいということの、深くしずかな安堵を。いつか、あたしみたいに。

「さよなら」

絞り出すような声で言って、依子はふりむき、ドアを押し開けて出ていく。肩の骨張ったその後ろ姿は、遠くない昔ここからそうして出ていった男に重なった。店のいたるところで花開いた百合のにおいが息苦しくて換気扇をまわし、まわしてすぐ消えてしまった艶香が、百合ではなくて、たった今出ていった娘の香水であることに気づいた。

秋のひまわり

いじめられている。なんていうか、ださいと思う。十二歳にもなって、こういうの。でもしかたないかと思いもする。このあたり、田舎だし、それにぼくのいってる学校、あんまり頭のいい感じじゃないし。といっても、ぼくがこの町に引っ越してきたのは一歳にもならない赤ん坊のときだから、どことくらべてここが田舎って、実感として言っているわけじゃないけれど。

精神的被害はさておき、今日の物理的被害はたいそう服だった。白いたいそう服の両面に「ばかとぎょろりのだめじま」と、絵の具で書いてある。おもては赤、せなかは黒。チューブごとなすりつけて書いて、絵の具をかわかしてから、きちんとたたんでロッカーにもどしたんだろう。だれだか知らないがご苦労なこった。

ぼくの家は「花と緑のいいじま」という花屋だから、みんなはそれをもじって、どこにでも「ばかとぎょろりのだめじま」と書く。だいたい、「はなとみどり」と「ばかとぎょろり」じゃ、「と」「り」の二文字しかおなじじゃないから、正確にはもじりでもなんでもないんだけれど、みんなの知能でひねりだせるのはせいぜいこのくらいなんだろう。ぎょろりというのは、眼鏡をかけているうえ、目がまるく大きいぼくをからかって言っているわけで、ときどき、「ばかとぎょろり」のコピーの下に、デフォルメした似顔絵が描いてあったりする。今日はなかった。だめじまというのは、……説明がちょっとややこしい。ぼくをばかにするためにひねりだされた言葉だけれど、ぼくを指す言葉ではない。

絵の具ならふつうの洗剤で落ちるだろうか。家に帰ったらすぐ自分でせんたくしてしまおう。どうしたのっておかあさんは訊くだろう。ナカジマと今日サッカーしたんだ、水たまりに落ちたボールをナカジマがけって、それで汚れたんだ、ナカジマは自分でせんたくするんだって、すぐ洗えば泥はきれいに落ちるって言ってた、だからぼくも自分でやってみたんだ。

完璧。うたがわれることはないだろう。

自分の考え出した言い訳に、さらに肉づけをしながら帰り支度をする。教室にはもうだれもいない。窓はすべて開け放たれて、クリーム色のカーテンがながれるように揺れている。大きくめくれあがると青い空が見える。きっちりならんだうす茶色の机、黒板の消え残った文字。そんなものをながめながら言い訳をより完璧にしていると、ぼくには本当にナカジマという友達がいて、昼休みにサッカーをやったような気分になる。ボールをける感触も、ぬれたボールを受け止めた感触も、ほんものみたいにぼくの体にじんわりひろがる。

教室をあとにする。まだ日の暮れる気配のない校庭を歩く。もう九月なのにひまわりはまだ咲いている。夏が終わったとまだ気づいていないんだろう。ぼくもひまわりだったらよかったな。まだ気づかないふりをして、夏休みのなかにいることができたのに。なんて、子どもみたいなことを思う。

流れる川を見おろしながら橋を渡っていると、うしろから声をかけられた。ふりむくと、スーパーマーケットの袋を両手にさげたマナベさんがこちらにむかってかけてくる。

「マナベさん、お買いもの？」

ぼくは訊く。マナベさんはうちの店で働く、若い男の人だ。そうして、九十九パーセントの割合で、近い将来ぼくの父親になる人だ。

「おう、今日はテンちゃんの好きなからあげ」

「まじ、やったーっ」

はしゃぎすぎなんじゃないかと自分ではずかしくなるくらいの大声を、つい出してしまう。ぼくらは家に向けならんで歩き出す。ぼくの横で、マナベさんの日に焼けた腕がゆれている。マナベさんは、ぼくの父親になるには見かけも実年齢も若い。おかあさんより六コも年下なのだ。でも、そんなことはマナベさんはどうでもいいみたいだ。夕ごはんまでの時間、お店がひまだとキャッチボールをしてくれるし、プレステのゲームもいっしょにやってくれる。同級生のおとうさんより数倍かっこいい。会ったことはないけれど、ぼくの実父なんか、マナベさんにくらべたら羽虫みたいなもんだろう。あの、電気にむらがって、朝になると死んでいる阿呆なちっこい虫。

もうすぐ全部うまくいく。ぼくには父親ができ、おかあさんには夫ができ、ばかもぎょろりもだめじまも、精神的被害も物理的損失も、言葉の暴力も実際の暴力も全部終わる。ぼくはごくごくふつうの十二歳になって、みんなといっしょに他愛ないことで笑い、おとうさんとおかあさんにあまえたり八つ当たりしたりできる。

おかあさんとマナベさんが鶏のからあげのつくりかたについて台所でもめてくれたおかげで、たいそう服をこっそり洗うことができた。おかあさんとマナベさんはふざけながらいっしょに料理をはじめる。んもう、やだあ、トシちゃん、それじゃあ具が大きいよう、という鼻にかかったおかあさんの声や、みそ、みそがかくし味になるってテレビで言ってた、という低いマナベさんの声を聞きながら、ぼくは大急ぎでたいそう服を手洗いし、あらかた絵の具が落ちたところで漂白剤につけこみ、数分後きれいさっぱり絵の具が落ちると、かたくしぼってほかのせんたくものといっしょにせんたく機を高速でまわす。台所から明るい叫び声と、油のはねる音が聞こえてくるころ、せんたくの終わったそれらをかんそう機にうつしかえスイッチオン。これで万事オーケイ。

うちは花屋と家がつながっている。お店の奥のドアを開くと、そこはうちの台所になっている。お店があんまりいそがしいときは店屋物だけれど、いつもは、ごはんどきにおかあさんがお店と台所を行き来して食事をつくる。料理を覚えはじめたマナベさんがつくることも増えた。おかあさんよりは落ちるけれど、マナベさんのごはんもそんなに悪くない。

夕ごはんの時間はいつも二回ある。お店の人たちが交代でごはんを食べるのだ。マナベさんがここへくるまで、食事のメンバーはいつもちがって、ぼくはだいたい先発隊といっしょにごはんを食べていた。最近はちがう。先発隊はつねにりっちゃん（ずっと昔からお店にいる女の人）とミズムラさん（最近アルバイトをはじめた若いおねえさん）で、後発隊はおかあさん、マナベさん、ぼくの三人と、確定してしまった。

今日もぼくらは三人で食卓をかこむ。ちょっとこげ気味の鶏からと、マカロニサラダ、おみそ汁とおつけものの夕飯。お店との仕切りのドアから、いらっしゃいませえ、こちらお安くなっております、と、呼びこみをするりっちゃんの声がもれ聞こえてくる。その声がとぎれると部屋はしんとしずまりかえる。うちでは、食事どきにテレビをつけてはいけないという決まりがある。

「テンちゃん、どう、からあげ、おれつくったの」

顔を近づけてマナベさんが訊く。鶏からは味がうすくて、マヨしょう油をつけて食べたかったけれど、そんなことをしたらマナベさんではなくおかあさんが怒り出すだろうから、

「うん、おいしいよ、はじめてにしては上出来だよ」

ぼくは言って大きな一切れをほおばる。

「そうか、おれ、マジで料理の才能があるのかもな」

「あるある、マジであるよ！　これからもごはん係、よろしくねえ」おかあさんが言う。

「この人、ほんと、おだてて人になんかやらせんのうまいよなあ」マナベさんはぼくに言う。

「だよねえ。これでぼく、気がついたらずっとそうじ係だもん」ぼくが言うとみんな笑う。

ふつうの家族ってこんな感じなんだろうかとぼくは思う。こんなふうに、ごはんを食

べながら、笑って、話して、笑って、話して、これが、明日もあさってても続くんだろうって無意識に信じられるような感じ。マナベさんが一日も早くこの家の人間になればいいのにとぼくは願う。

八時半にお店は閉まる。りっちゃんもミズムラさんも、マナベさんも帰っていく。ぼくとおかあさんは順番に風呂に入り、それから、おかあさんはテーブルで電卓をたたく。十時になるとぼくは二階の自分の部屋にいく。そういう決まりなのだ。十時就寝。もちろん眠れないけれど、眠らなくても自分の部屋にいけばそれでいいことになっている。

おかあさんとぼくの暮らす我が家には、「食事どきはテレビを見ない」に代表されるような、ぼくからしたら無意味としか思えないいくつもの決まりごとがある。いかなるときも出入りはお店ではなく玄関から、とか、朝の食事のしたく・かたづけは自分で、とか、自分の食いぶちをかせげないうちは生きているものをほしがらない（つまりペット禁止ってこと）、とかね。そのなかに、マナベさんはうちに宿泊しない、という決まりもあるらしく、その決まりとセットになるように十時就寝の決まりがぼくに課せられている。どういうことかといえば、おかあさんとマナベさんが仕事ぬきで会えるのは夜しかなく、けれどマナベさんがうちに泊まれないのだから外で会うしかなく、外で会うには子どものぼくを寝かしつけてからでなくてはならない、という、中身がからっぽなわりにはこんがらがった図式になっている。マナベさんがこの家にきてくれるのならば、だから、十時就寝のばかげた決まりも自然消滅するだろう。

ぼくは窓を開け、商店街を見おろす。ぼくの部屋からは、電気の消えた「花と緑のいじま」の看板、それから商店街が見おろせる。十時二十五分、しずかにしずかに、音をたてないように、路地からおかあさんがあらわれて、商店街を駅に向かって歩いていく。あわい紺色の夜のなか、おかあさんの白いワンピースはひらひらとひるがえって、それはぼくにだれもいない教室を思い出させる。教室の、音もなく揺れるクリーム色のカーテンや、黒板に消えのこった文字のかけらを。

見あげるといくつか星が見える。月はずいぶん下のほうにひっかかっている。酒屋さんの三階建てビルの屋上のあたり。酒屋さんのビルの上空はいつも、赤い看板のせいでむらさき色にあかるい。

マナベさんとおかあさんの、たいていのことをぼくは知らない。マナベさんは半年くらい前に突然この店で働きはじめたのだけれど、それまでの経緯、たとえば、どこかでおかあさんと恋をして、結婚を真剣に考えてこの店で働くようになったのか、たまたまこの店にアルバイトにきておかあさんと恋をしたのか、そんなこともよく知らないし、いったいいつ正式に二人が結婚するのかも知らない。十時半から二人でいつも何をして遊んでいるのか、マナベさんのおうちはどこにあるのかも知らない。でも、そんなことぜんぜんかまわない。なんにも知らなくったっていい。若くてかっこよくてやさしいマナベさんが父親になってくれたとたん、ほとんどすべての問題は解決されるのだから。ばかとぎょろりも、ばかげた決まりも、十時すぎに家を出るおかあさんのどこかかなしいうしろ姿も、それから、ぼくの遺伝子的実父にあたるだめ男の影も、ぜんぶ消えてなくなるのだから。

食卓でコーンフレークスを食べていると、むくんだ顔で二階から降りてきたおかあさんが、おはようも言わず、開口一番、

「テンちゃん、なんで昨日せんたくしてくれたの」と訊く。

「ああ、あのねナカジマとサッカーして遊んでさ」昨日細部にわたって考えた言い訳をぼくはよどみなく口にする。「水たまりに落ちたボールをナカジマがけって、それおなかで受けたから泥だらけになっちゃって」

「泥って……でも、ここんとこ雨降らないじゃない。なんで水たまりがあるの」

おかあさんのそんな執拗な質問にも、すでに答える準備はある。

「雨降らないから一日おきでスプリンクラーまわすんだよ、校庭のでこぼこに水がたまっちゃうことがあって、運悪くそこにはまったの、ボール。ナカジマ、とろいからさあ」

ぼくの嘘を信じたのか信じていないのか、髪が乱れ、頭の倍くらいにふくらんでいるおかあさんは何も言わず、幽霊みたいに無言のままミルで豆をひき、コーヒーメーカーをセットする。こぽこぽと、しずまりかえった台所に音がひびく。ふとおかあさんはふりかえり、腰をかがめテーブルについたぼくと目線をあわせ、

「ひょっとしてテンちゃん、お友達に何かされたの？」

まじめな顔で訊く。いつものことだ。おかあさんは、ぼくが学校でいじめられることをほとんど病的におそれていて、毎日のように、何かっていうとこの質問をする。けれどどこの質問くらい無意味なものはないと思う。ぼくの緻密な言い訳が上達するだけなのだから。

「やだなあ、べつになんにもないよ、何かされるって何さ、意味わかんないよ」

ぼくは笑い、お皿を流しに持っていく。急いで洗って水切りかごにうつす。

「じゃあ、いってきまーす」

ゆかいな学校生活を送る子どもが出してしかるべき無邪気な声でぼくは言い、いきお

いよく家を出ていく。

そんなの、本当に何百年前の話かと思うけれど、ぼくは父親がいないから、何かのひょうしにそれをネタにいじめられるんじゃないかと、おかあさんは気が気じゃないのだ。実際のところおかあさんのヨミはそれほどはずれていなくて、ことの発端は父親問題ではある。

もともと「花と緑のいいじま」は父親の生まれた家だ。だから、いいじまはおとうさんの名前。ぼくの名前は野村典生。野村はおかあさんの名字で、ノリオの典の字を音読みして、おかあさんや店員さんたちはぼくをテンちゃんと呼んでいる。そもそも、三年生のときだったか、おまえんち「いいじま」なのになんでおまえ「のむら」なわけ？って、同級生たちが言い出して、そんな家のもろもろになんでこんなガキが首をつっこんでくるのか、少々むかついたぼくは、いいじまってのは父親の名字だとそこだけは真実をうちあけたものの、父は南洋に奇跡の花をもとめて旅立ったきり帰ってこないから母親の姓になった、とか、父はある植物の種の密売にかかわっているから身内は身内であることをかくさなければならない、とか、思いつくままをしゃべった。

一ヶ月くらいはちょっとしたヒーローあつかいだった。その後、地元にながく住んでいる子どもが親や祖父母に真相をたしかめたらしく、局地的に有名な、飯島典文、つまりぼくの父親のだめっぷりが白日のもとにさらされ、野村って二枚舌の極悪人、ってことになったのだった。

なんていうか、そんなすべてがぼくには阿呆らしくて、やってられなかった。じゃあマクドナルドの店長はみんな名字がマクドナルドかよ、やつらが言っているのはそういう意味のことだ。こんな論理はつうじないだろうから、じょうだんを言ってみただけのことだ。いいじゃないか、じょうだんくらい。それなのに、クラスの雑魚《ざこ》どもはぼくを嘘つき呼ばわりしたあげく、ぜんぶ嘘です、だましてごめんなさい、って土下座してあやまればゆるしてやる、なんて言いやがる。その幼稚な発想にもついていけない。無視していたら、「ばかとぎょろりのだめじま」ってわけだ。しかたないとは思うけれど。田舎だし、平均ＩＱとか、かなり低いらしいし。

父親のことは、だれに言われなくたってだめな部類の人なんだろうとは思っていた。何しろ、ぼくが生まれたばかりだというのに、おかあさんとぼくをのこして女と逃げてしまったのだから。なんで十二歳のぼくがそんなことを知っているのかといえば、ときどき酔っぱらったおかあさんがそう言って泣いたり怒ったり笑ったりするからだ。

この近所では昔から、いいじまのばか息子は有名だったらしい。万引きものぞきもカツアゲもナンパも駆け落ちも飲酒運転も自転車泥棒も、軽犯罪と呼べる軽犯罪はみんなやった、という噂だ。だめじま、というのはだから、ぼくの実父のことを指しているわけだ。ぼくの実父をばかにすることでぼくを傷つけようという趣旨なわけ。

おかあさんの両親はふたりとも死んでしまって、いない。それで、赤ちゃんをかかえて働くこともままならなかったおかあさんは、おとうさんの両親をたよってこの花屋にきたのだった。おとうさんの両親、つまりおじいちゃんとおばあちゃんは、今は近くのマンションに住んでいる。花屋はもうおかあさんにあげちゃったんだそうだ。「フショウの息子のおわび」として。

おかあさんに商売は向いていたんだろうと思う。おばあちゃんたちはよくそう言っている。「花と緑のいいじま」をもちこたえさせ、そのうえ繁盛までさせたのはおかあさんだと。けれど、期せずしてぼくらは、父親のだめ伝説がはびこる地で日々をおくることを余儀なくされたわけだ。ぼくが「だめじま」と呼ばれるに至った話を吹聴した、クラスメイトの親や祖父母たちは、花を買いがてら、「だめ息子はまだ帰ってこないのか」「どこにいったのか」「死んじゃったんじゃないのか」「何年行方不明だと死亡届を出せるらしいが出さないのか」「いっしょに逃げた女ってのはどこの女なのか」うんぬんと、未だおかあさんに言い続けている。

でもそんなこと、もうすぐ全部終わる。マナベさんと結婚したら、おかあさんだってもう「いいじま」の看板を下ろすだろう。「花と緑のまなべ」でもいいし「花と緑ののむら」でもいい、ぼくらは一刻も早くだめじまから遠ざかるべきなんだ。

午後三時。一日が終わる。精神的被害はさておき、今日の物理的被害は、国語の教科書一冊、習字用具一式、スニーカー右足ぶん。国語の教科書は、三分の二ページほどを真っ黒にぬりつぶされ、習字用具はトイレの便器に捨てられ、スニーカーの片方は結局、一年二組の掃除用具入れに捨ててあった。習字用具はトイレの水道で洗ったからなんとかなった、スニーカー片方も汚れていたけれど見つかったからなんとかなった、問題は国語の教科書だ。これはもうつかえないけれど、あたらしいものをどうやって買うのかぼくはわからず、それに、お金も持っていない。

スニーカーを捜し出し毛筆や文鎮を洗って教室に戻ると、下校時間はすぎたからさっさと帰れという例の放送が聞こえてくる。またもやぼくはたったひとり、だれもいない教室で帰り支度をする。遠く、下校の音楽が聞こえる。ぼくの住む商店街が午後五時にながすものよりもっとずっとかなしげなメロディで、それは数分ながれて唐突にぶつりと切れる。教室はしずまりかえる。カーテンの向こうにちらちらのぞく、かなしいくらい青い空にぼくは一瞬見とれ、教科書のことだのだめじまのことだののいっさい存在しない場所に立っている錯覚を味わう。

住宅街を通り、川を渡る。橋の上から川沿いを見おろすと、自転車に乗って遊ぶ子どもたちの姿が見えてどきりとするが、クラスメイトではなかった。この時間、みんな塾にかよっているんだろう。成績が悪いまま成績の悪い中学にみんなしてあがるのに、なんで塾にいく必要があるのかわからないが、クラスのほとんどの子は塾にいっている。もちろんぼくはいっていない。いく必要もないし、学校以外のところでクラスの子どもたちと顔をあわすなんてぞっとする。

自転車で遊ぶ子どもたちから少し離れた場所に、体育座りをしている図体の大きい子がいて、ずいぶん大きな仲間はずれだと思ってよく見てみると、それは子どもじゃなくてマナベさんだった。

おーい、マナベさあーん、とぼくは欄干にもたれかかって声をはりあげる。マナベさんにそれがとどくまでくりかえし呼び、そうしながら、マナベさんはこんなところで何をしているんだろうと思い、ひょっとして声をかけたらまずかったのかなと後悔するころになって、ようやくマナベさんはぼくに気づき手をふりかえしてきた。

太陽がかたむいて川向こうの町は薄いだいだい色にそまる。ぼくとマナベさんはならんで歩く。マナベさんが何も言わないので、ぼくも言葉につまる。何を話したらいいのかわからない。ぼくらはしばらく無言で歩く。会話の糸口が見つけられず、おたがい気まずいのが微妙な空気の振動でわかる。

「今日のごはんはマナベさんがつくるんじゃないの」沈黙にたえかねてぼくは口を開く。

「ん? ああ、ちがう」マナベさんは言って、「学校、どう」と、社交辞令のようにつけたす。

このとき、なんでぼくはこんなことをしゃべってしまったのか、自分でもよくわからない。会話がとぎれてあせっていたからかもしれないし、マナベさんの興味をひきたかったのかもしれない、マナベさんがなんと言うか知りたかったのかもしれない。とにかく、ぼくは今まで一度も口にしたことのない話をはじめた。

「最低だよ。おかあさんにはないしょだけど、うちの学校ばかばっかりだからさ、靴かくしたり、教科書汚したり、そういう頭の悪いこと平気でするんだ」口に出したら、しかし案外気持ちよくて止まらなくなった。ぼくは、鞄から教科書まで出して続けた。

「見てよ、これ。べつにぼくはこんなの、ぜんぜん平気だけどね。もうすぐ学校だってばらばらになるし。でもさあ、教科書ってどこで売ってるかマナベさん知ってる? いくらくらいかな? おかあさんにばれないうちに買いかえたいんだけど」

マナベさんは立ち止まってぼくがぱらぱらとめくってみせる教科書をじっと見おろしていた。ぼくは、足元に落ちたぼくの影にかぶさるマナベさんの影を見ていた。

「最低のやつらだな、そんなことすんの」

　マナベさんは吐き捨てるように言い、ぼくはゆるゆると視線をあげる。

「テンちゃん、そんなばかの相手しちゃだめだよ。テンちゃんはそんなの見なくていい子どもなんだから。もしさ、おれといっしょに町歩いててそいつら見かけたら、なんか合図してよ。おれ、勝手にからんでぼこぼこにしてやるから」

　マナベさんは笑わずにいきおいこんで言う。怒っているのか、言っているうちマナベさんの顔は赤くなる。ぼくは恍惚とする。ああ、マナベさん、はやくはやくぼくのうちにきて。あなたがおとうさんだったらぼくはなんにもこわいことなんかない。世界は平和と愛でみちあふれるだろう。

　本当？　本当にぼこぼこにしてくれる？　そう念押ししたかったけれど、何か言ったら泣き出してしまいそうで、ありがとう、とうつむいてつぶやくのがせいいっぱいだった。

　その日の夕ごはんは出前のピザだった。りっちゃんとミズムラさんが食べ終えたあと、ぼくとおかあさんとマナベさんは食卓に着く。いつもどおりの食事だった。ああ、ビール飲みてえ、とマナベさんが言い、じゃ、一本だけ飲んじゃう？　とおかあさんがいたずらするみたいな顔で言い、テレビのついていない食卓でぼくらはごはんを食べる。マナベさんが、黒くぬられた国語の教科書のことを言い出すんじゃないかとひやひやしていたが、そんな気配はない。

「今日すごくいそがしかったんだよう、トシちゃんいなくてたいへんだったー」おかあさんが言う。

「それ、ジンクスなんだよ、おれがいないと、店とたんににぎわうんだよね。だからときどき、ここんちの経済事情をおもんぱかってさ、ふらりと店あけてみるんだ、おれ」マナベさんが言う。

「それ、貧乏神ってこと？」ぼくが言うとみんな笑う。

「今日は学校どうだったの、スプリンクラーの水たまりにボール落とさなかった？」

「今日はサッカーはしてないから」と言ってマナベさんをちらりと見ると、何も聞いていないふうにピザにタバスコをかけている。


九月の最後の月曜日、マナベさんはいなくなった。

お店の原チャリでおつかいにいったきり、もどってこないのだと、学校から帰ったぼくにおかあさんはあわてふためいて説明した。お店をりっちゃんにまかせ、ミズムラさんに近所を捜索させ、電話をしたりかかってきた電話に飛びついたり、うろうろとリビングルームをうろついたりしていて、二十歳を超えた大の男が迷子になるはずもなし、たった数時間もどってこないだけでどうしてそんなにあわてているのか、ぼくにはわけがわからなかった。ぼくらの夕ごはんのことなんかまるで無視され、そのうえ、八時をすぎるとぼくまで捜索にかり出された。

パチンコ屋、ゲームセンター、駅前の古本屋、数軒の喫茶店をおかあさんはメモに書きつけ、一軒ずつのぞいてくるようにぼくに命じた。メモどおりに町を歩きながら、マナベさんはパチンコをしたり古本を買ったりするんだと、いちいち新鮮に感じた。しかしそのどこにもマナベさんはいなくて、あかりのひとつひとつ消えていく商店街を、空腹を抱え、ぼくはたよりない気持ちでさまよう。駅向こうの喫茶店からもどる途中、ミズムラさんに会った。ミズムラさんは飲み屋を中心に捜しているらしかった。

となり町にできるスーパーに、うちの支店を出すことが決まっていたのだと、大人に話すような口調で突然ミズムラさんが話し出した。それに必要なお金を支払うために、マナベさんは出かけたんだそうだ。そうしてそのまま帰ってこない。

あたらしくお店を出そうとしていたことなんてはじめて知った。こんなこと、あたしが言わなくてもそれがわかったのか、ミズムラさんは言った。おかあさんがあわてふためいてマナベさんを捜していた理由もようやくわかった。こんなこと、あたしが言ったって店長に言わないでね、とミズムラさんは言った。そんなこと言われなくても、目に涙をいっぱいためて家とお店を往復しているおかあさんに、持ち逃げされたんだって？　なんて、訊けるはずもない。

それから数日、マナベさんからはなんの連絡もなくて、お店もうちもずっと落ち着かなかった。定休日じゃないのに、何回かお店はお休みになった。毎晩店屋物で、ときどきりっちゃんがごはんをつくった。警察に言うだの言わないだのと、りっちゃんとおかあさんはときおり大声で言い合いをしていた。

ごはんのときにテレビをつけてもおかあさんはなんにも言わない。十時に自分の部屋にいかなくてもおかあさんはなんにも言わない。テーブルに座り、電卓もたたかず、ぼうっと宙を見てお酒を飲んでいる。

マナベさんがいなくなってから、学校でのいじめはあんまりこたえなくなった。もちろん、精神的被害も物理的被害も以前とまったくおなじに続いていたが、なんていうか、ほかに考えるべきことがたくさんあって、無視されたり給食をひっくり返されたり、靴をかくされたりペンケースをトイレに落とされたりしても、なんだかどうでもよかったのだ。

ぼくが考えていたのは、自分は今何を考えるべきかということだった。じっさい、何を考えていいものやら、ぼくにはよくわからなかった。マナベさんに対して怒るべきか？　あたらしいおとうさんができなかったことに失望するべきか？　また「だめじま」と呼ばれることにうんざりしてみるべきか？　それより何より、おかあさんをどうやってなぐさめるかを考えるべきなんじゃないか？　おかあさんはひょっとしたらとんでもなく男を見る目がないのじゃなかろうか？　考えるべきことはたくさんありすぎて、気がつくとぼくは、ぼんやりと窓の外を見つめている。校庭のひまわりは、ばかみたいにまだ咲いている。

学校からの帰り道、橋を渡るあたりでぼくはいつも立ち止まり、欄干に身を乗りだして川べりにマナベさんの姿を捜した。自転車で遊ぶ子どもたちはいたが、マナベさんはもちろんいない。ぼくはあのときの、マナベさんの赤い顔を思い出す。ぼこぼこにしてやるという声を思い出す。

その日、Tシャツに「だめじま」という文字と例のデフォルメ似顔絵をマジックペンで書かれたぼくは、リュックサックを前にかかえてそれをかくし、こそこそかくれるようにして家に向かった。これについてはどんな言い訳も思い浮かばない。おかあさんの見ていない隙に急いで漂白剤につけこむか……漂白剤でも油性マジックは落ちないんじゃないか。だとしたら、慎重に捨ててしまわなくては。だめな男ばかりに惚れこむおかあさんに「だめじま」なんて文字は見せられない。

「花と緑のいいじま」はシャッターが閉められている。また臨時休業だ。閉ざされたシャッターの前をとおって、玄関から家に入る。家のなかはしずまりかえっていて、ひんやりと暗い。おかあさんは台所にいるのか、足音をしのばせてのぞくがそこにはいない。おふろ場にも、閉店している真っ暗なお店にもいない。たすかった。出かけているんだ。だったら、Tシャツははさみで切りきざんで捨ててしまえばいい。

リビングにリュックを放り投げ、階段をかけあがり自分の部屋に向かったぼくは、向かいの和室にぼんやり座るおかあさんの姿を見て、思わずぎゃっと声をあげた。あやうくちびるところだった。幽霊がいるのかと思った。

「なんだ、いるなら言ってよ、おかあさん……」

「ああ、テンちゃん、お帰り」

仏壇の前に座っていたおかあさんは顔をあげ、ぼんやりと言う。Tシャツの落書きをかくすべき何も持っていないことに気づき、あわてて両手をおなかのあたりにあてるが、おかあさんはそんなことにはまったくかまわず、畳に視線を戻す。畳には、ものすごい数の写真がばらまかれている。思わず和室に足をふみいれる。仏壇の引き出しが開いているから、いつもはそこにしまってある写真なんだろう。いろんな写真があった。子どものころのおかあさんが写っているらしい色あせた写真もあったし、赤ん坊だったぼくの写真もある。ぼくが会ったことのないおかあさんの両親の写真も、お店の前で笑うりっちゃんとおかあさんの写真もあった。色がまだべかべかとあざやかなマナべさんの写真もあり、だめ父とおかあさんが笑っているものもあった。今ここにいる人もいない人も、よく知っている人も知らない人も、みんな、そのちいさな四角のなかでは、世のなかで一番なかのいい家族みたいに見えた。

唐突にぼくは理解した。算数のややこしい計算式がぱっととけるみたいに。

この人におかあさんという役割は似合っていないのだ。だめ父におとうさんという役割がまったく似合わないように。マナべさんと家庭の主がイコールで結ばれないように。この場所を家っぽくしているのは、ぼくでもこの女の人でもなくて、母子という関係でもない、いくつものあの無意味なルール、それだけだ。そういうことに、みんなうすうす気づいていたから、三人での食事はあんなにおだやかだったのかもしれない。おかあさんも、マナべさんも、そうしてぼくも、心に思い描く家族をつかの間演じることにうっとりしていたのだ。

ぼくは突然、畳にぺたりと横座りした女の人を、思いきり抱きしめてあげたくなる。抱きしめて、そういうことってあるよと言ってあげたかった。似合わないのにそこにいなくちゃいけないことって、あるよ。ぼくだってそうだよ。ぼくに十二歳という年齢はあっていないよ。小学校にいるぼくは場違いのきわみなんだ。そういうことってあるよ。ね。

そのとき、写真のなかに一枚、黄ばんだ紙がまじっているのが目について、ぼくはかがみこみそれを拾い上げる。しわくちゃのノートの切れ端には、ボールペンで字がいっぱい書いてあった。

希。良。好。光。寿。生。志。知。美。和。清。勝。明。真。幸。秀。広。純。汚い字だが、ぼくにも読める漢字ばかりだ。いくつかにまるやばつが書かれ、生の字にはぐるぐるまるがついている。なんの暗号だろうと思ってしげしげながめ、はっとした。

「おかあさん、これ」

ぼくはおかあさんの向かいに座って声を出す。おかあさんはゆるゆると顔をあげ、

「やだ、なつかしい」

ちいさく言って、てれくさそうに笑った。

ぼくの名前だ。おとうさんの「典」の字と、何を合わせるか書きだして決めたのだ。だめ父のちっぽけな頭で考えだせるかぎり、いい意味を持つ漢字を書きつらねていったのだ。ぜんぜん父親にふさわしくないくせに、この数ヶ月後には女をつくって逃げてし

まうくせに、勝だの光だの幸だの美だの、まぶしいくらい殊勝な文字を、よくこれだけならべたものだ。どうしようもないだめ父でも、このときだけはきっと、生まれてきた子どもにすばらしい日々があたえられるよう祈ったんだろう。どの文字がもっともそれにふさわしいか、頭をひねって考えたんだろう。

「字数がね、でもよくないの」

おかあさんは言って、少し笑った。

「いやなこと言うなあ」

ぼくは言う。これだけ迷ってえらんだ文字の字画が悪いなんて、だめ父らしい。

「でも、その字が一番かっこいいって言いはって」

おかあさんは半分泣き顔のまんま笑った。

いっしょにならんで橋を渡ったとき、マナベさんの言ったことはあの一瞬だけでも本当だったと思いこもうとぼくは決める。自分以外のだれかが歩む日々がよきものであるよう、だめ父が本気で祈ったように、あの持ち逃げ男も、自分とは関係のない、ひ弱な小学生の前途多難な日々が、どうか平穏であるように祈ったはずだと。

「あのさ、男を顔でえらばないほうがいいよ」

おなかにだめじまの落書きをされたぼくは、それをかくすことも忘れて言った。

「十二歳の子どもにそんなこと言われたくない」

男運の悪い女はぼくの耳をひっぱろうと手をのばしてきて、ぼくがよけた拍子に畳に倒れる。そのまま起きあがらず、ごろんと天井を向き、たくさんの写真に囲まれて笑う。ぼくも赤ん坊のようにそのとなりに寝ころんでみる。木目の天井が見える。おもしろいことなんかなんにもなくて、どちらかといえばぐずぐずと泣くほうが似合っているのに、ぼくらふたりは天井を向いたまま笑う。笑い続ける。

カシミール工場

職場であたしはミイちゃんと呼ばれているが、それがダブルミーニングだということくらい知っている。あたしの名、進藤みちるの「み」をとってミイちゃん、それからもうひとつの意味はミイラの「ミイ」ちゃんなのだ。からからにひからびたミイラ女。みんなあたしのことをそう思っている。でも、そんなことにあたしは怒ったりしない。だって本当のことだ。実際あたしはからからにひからびたミイラみたいな女なのだ。

五時に仕事は終わる。フロアから退散し、控え室で着替える。あたしが働く店は、古本屋といってもかなりの大型店だ。昼組は五時に仕事を終える。あたしと前後して、他のアルバイトたちがにぎやかに控え室に入ってくる。みんな着替えずテーブルの周囲に座り、お菓子を食べながらぐずぐずとしゃべる。昨日見たテレビについて。今日きた客について。かっこいい男性社員について。春物のバーゲンセールについて。あたしはそれを背中で聞きながら、帰り支度をし、ロッカーを閉める。おつかれさまでした、と女の子たちに声をかけて控え室を出る。おつかれさまでしたー、とみんな愛嬌のある声をそろえる。ドアが閉められたとたん、あたしの話をはじめるんだろう。ミイちゃん、毎日のようにくる小太りのおたく男を熱い視線で今日も見てた、とか、ミイちゃんの今日のお弁当はおにぎり一個、ダイエットはまだ続行中、とか、ミイちゃん、昨夜駅前のビデオ屋でエロビデオコーナーにいた、とか。それでも、彼女たちは親切で育ちがいいから、あたしの前でそんなことはけっして言わないし、ドアの向こうにあたしの気配が完璧になくなるまでそんなことは言い出さない。彼女たちのそういう気配りにあたしは感謝している。嫌味じゃなくて、本当に。

タイムカードを押し、裏口から店を出る。あたりはもう暗い。駅から続く商店街をあたしは足早に歩く。八百屋や魚屋がにぎやかな声で呼び込みをしている。八百屋の店頭で焼き芋を売るおじさんに気づかれないよう、コートの襟をたて顔を背けて通り抜けようとするのに、

「みちるちゃーん、今帰り？　ごくろうさーん、今日のおたくんちは水炊きだよ！」

おじさんはあたしを見つけ大声でさけぶ。数人がふりかえってちらりとあたしを見る。しかたなくあたしはおじさんに会釈する。

「奥さん水炊きの具買ってったからさあ。ねえ、焼き芋どうよ、おまけしとくよう」

あたしはおじさんにちいさく手をふって、小走りにその場を立ち去る。

あたしがこの町に越してきたのは小学生のときで、当時のここいら一帯は、団地もマンションも全然建っていなくて、ひどくさびれた田舎町だった。商店街も、八百屋肉屋魚屋本屋パン屋という、おきまりの数店がひっそり営業しているだけだった。小学生のあたしはよくおつかいに駆り出されたから、肉屋も八百屋もそのころからあたしのことをよく知っている。しかし、未だに「みちるちゃん」と気安く声をかけてくるのは八百屋のおじさんだけだ。肉屋のおばさんもパン屋のおばさんも、商店街であたしとすれ違ったって声なんかかけない。ご近所づきあいみたいな、そんな田舎臭い習慣はもはやないんだし、それに、みんななんとなくあたしに気兼ねしているのだ。未だ浮いた話のひとつもなく、まともに就職もできず近所でアルバイトを転々としている三十五歳の女に、はてなんと声をかけたらいいものかと、気づかってくれているのだ。

八百屋の声が完全に聞こえなくなると、「花と緑のいいじま」という花屋が見えてくる。鉢植えを買ったのは一週間前だから、今日は切り花を買おう。歩く速度をゆるめ、慎重に花屋に近づく。花屋の周囲にすばやく視線を泳がせるが、あの子の姿は見えない。今日はもう家のなかにいて、外には出てこないんだろうか。ひょっとしたら店のなかで店長とおしゃべりをしているのかもしれない。蛍光灯がまぶしい店内をのぞきこむが、しかしあの子はいない。店内にいるのは、切り花を手に立ち話をしている中年女、若いアルバイトの女、三十代の女店員だけで、店長の姿も、あの子の姿もない。安堵するような、落胆するような気分で店先に立ちつくすあたしを、りっちゃんと呼ばれる女店員が見つけ近づいてくる。あたしはとっさに、店先に並んだバケツにつっこまれた、一束三百円の花束を指さしている。

「こちらですね、かしこまりました」りっちゃんはピアノの先生みたいな声で言い、花束の根本を白い紙でくるくると包む。「こないだの鉢、いかがですか、具合いいですか」あたしに笑いかける。覚えているんだ、と思ったら顔が赤くなった。はい、と言おうと思ったのに声が出ず、あたしは不器用な子どもみたいに数度うなずく。

「はい、こちら三百円です、消費税は今日はサービスしときますね」

りっちゃんは笑い、あたしから三百円受け取ると、ありがとうございましたとうたうような調子で言う。どうもありがとう、と言おうと思うのに、口のなかが糊付けされたようにべたついてあたしは何も言えず、渡された三百円の花束を奪うように手にして、店をあとにする。ありがとうございましたあ、と、りっちゃんの声があたしの背中に響く。

毎日のように見ているから、あたしはあの店のローテーションをだいたい把握している。夕方、店長がいないときはりっちゃんとアルバイトがいて、りっちゃんがいないときは店長と若い男がいる。いないほうが家にひっこみ、あの子と夕食を食べているのだ。ちなみに「花と緑のいいじま」宅は（たぶん）母子家庭で、店長はあたしとそう年のかわらない女で、あの子、野村典生の母親である。あたしはあの、顔色の悪い、髪の長い、線の細い女店長が、野村典生といっしょに食事をしている図を、しなければいいのに想像する。腹立ちとはちがう、けれどそれによく似た感情が急激にせり上がってきて、あたしは手にした花束を道路にたたきつけ、両足で踏みつけてやりたくなる。もちろんそんなことはせず、そうするかわりに、花束に鼻を近づけて薄く笑ってみる。仕事帰りのOLが、花の香りにひととき気持ちを和ませる、といったふうに。

商店街を過ぎ橋を渡り、そこから低く連なる住宅街にあたしの家はある。玄関の戸を開けると、たしかに水炊きのにおいがする。

「おかえりー、あら、お花、あたしも今日は買ってきたのに」

玄関に出迎えにきた母親は言う。あたしは何も言わず、玄関から続く階段を上がって二階の自室に直行する。

「今日ねえ、お鍋なのよう、これから切るんだけどみちるちゃんはいくつにする？」

階段を上がるあたしの背中に母は話しかける。

「四」

鍋のあとに入れる餅の数をあたしは言い、うしろ手に自分の部屋のドアを閉める。

「はーい、四つね、りょうかあーい」

閉めた扉の向こうから、母親の間延びした声が響く。

二階のトイレの手洗いから花瓶に水を入れ、買ってきた花をつっこむ。出窓に飾り、ベッドに腰かけてそれを眺める。

この家に越してきたのはあたしが十歳のときだ。もう二十五年も前になる。それまで狭苦しい団地に住んでいたから、自分専用の広い（とそのときは思った）部屋ができたこと、その部屋に洒落た（とそのときは思った）出窓があること、階下に洋風の部屋（いわゆるリビングルーム）ができたこと、階段があることにあたしは驚喜した。おとうさん、あたしずっとこの家にいるわ、と、ここに越してきたあたしが言ったせりふは、正月の折りなどに未だ母の口から漏れる。あたしお嫁になんかいかないで、ずうっと死ぬまでこのすてきなおうちで、おとうさんとおかあさんと暮らすわ。この子ったら、真顔でそんなこと言ったのよ。親戚の前で母はそう言って笑う。何もそんな昔の約束を、意固地に守ってくれなくともいいんだがな。冗談めかして父も笑う。

十歳のあたしは、この2×4《ツーバイフォー》の建て売り住宅が最上のお城に見えたように、これから自分を迎えてくれる世界がすばらしいものだと信じて疑わなかった。あのとき野村典生に会えればよかった。小学校六年の野村典生と、小学校四年のあたしは、2×4の城や、異国のものみたいなショッピング・モールや、冒険にふさわしい川べりを、なんの不安もなく恐怖もなく、ひたすら無邪気に走りまわれただろう。

ベッドに横たわる。出窓を眺める。野村典生の花屋で買ってきた花の名前をあたしは知らない。目を閉じる。想像する。野村典生と同じ食卓でごはんを食べる。あたしのつくった料理を野村典生が食べる。頬についた米粒をあたしはとってやる。汗ばんだ額を撫でてやる。顔を近づけて笑う。声変わりのしていない野村典生は乳くさい息をはいてあたしの頬に口づけをする。

「みちるちゃあーん、ごはんですよう、手洗ってきてえー」

階下から母の声が聞こえ、あたしは目を開け、のっそりと立ち上がる。

男の人と交際しないまま三十五年も生きてしまった。とはいえあたしは処女ではない、と思う。実際のところはよくわからない。二十九歳のとき、職場の男の人と一度だけ寝た。はじめての性行為で女は出血すると聞いていたのに、あたしはしなかった。そのときはほっとした。その人の家のシーツを汚さずにすんだし、二十九歳で処女だと知られたくなかった。それに、二十九歳の処女を期せずして捧げられてしまったことで、その人を戸惑わせたくなかった。そんなあたしの配慮とは関係なく、その一回きりの後、彼はあたしを無視しはじめ、それきりになってしまったわけだけれど。出血せずに処女膜を破る女性もいるんだろうか。それともあのとき男の性器は奥まで届かず、あたしは未だ処女なんだろうか。この問題を考え出すと、切り立った崖に立たされているような恐怖を覚えるから、あまり考えないようにしている。あたしは処女ではないと思いこむようにしている。

三十分電車に揺られ、ひどく久しぶりに繁華街に降り立ち、けれどどこへも寄り道せず、指定されたホテルの喫茶店に、母親といっしょに直行した。古本屋のアルバイトは今日は休んだ。きっと今ごろ女の子たちのあいだではあたしの名が連呼されていることだろう。ミイちゃん、お見合いですってよ。相手はどんな男だろう。きっとチビでデブでハゲで、けちでしょぼい再々婚の男だよ。そうだよねえ、ミイちゃんだもん。でもさあ、ミイちゃんでも選り好みするのかなあ。しないでしょうよ、これ断ったらだれともエッチしないまま死ぬことになるよ。ひからびたまま本物のミイラになっちゃうよ。

「ワンピース、やっぱりピンクのほうがよかったんじゃないかねえ。もうすぐ三月なんだし」ホテルの入り口で、あたしの全身を眺めしみじみと母が言う。「紺なんて、暗く見えちゃうよ。コートは黒だしさあ。肥えたカラスみたいだよ」膨張色はよけい太って見えるということを母は知らない。三十五歳に淡いピンクがふさわしいかどうかもわからない。「カーラアス、なぜ鳴くのオって、昔はカラスも好かれてたけど、今じゃ嫌われものなんだから、そういうこと考えないと」母が何を言っているのかあたしにもわからない。

喫茶店に、男は先にきていた。叔母だという痩せた女と並んで座っている。あたしの母は卑屈なくらいぺこぺこしながら、痩せた女の向かいに座る。名前を名乗り合ったり、天気のことを言い合ったりして、意味もなくあたしたちは笑う。喫茶店はガラス張りで、ホテルのエントランスが見渡せる。乗用車が陽の光を反射させて走り去り、着飾った若い女たちが談笑しながらホテルに入る。木々は緑深く生い茂り、なんだか夏のさなかであるような錯覚を抱いてしまう。

「でもほんと、健康的でいいわあ」痩せた女が言う。「あたくしなんかはちっとも太れないんでございますのよ、娘のころから食べても食べてもこのまんま。みっともない、ちゃんと食べさせてないみたいじゃないかって、父にも夫にも言われましてね」女が笑う。男も笑っている。「お写真で拝見したよりもずうっと福々しくてらっしゃって、この子もあたしに似てガリなもんでございますからね、なんだか安心いたしますわ、ねえ、ナオくん」

そのナオくんは、本当に食生活を疑いたくなるほど痩せこけた男で、レンズの曇った銀縁眼鏡をして、頭頂部の薄い毛をのばしてくるくると額のあたりに巻きつけており、笑うと歯茎と前歯がいっぺんに剝き出しになる。

「あとは若い人だけでお話ししたほうがよろしいんじゃないかしら」

漫画みたいなせりふを言って痩せた女は立ち上がる。緊張しているのか、何か申し訳ないと思っているのか、母は挙動不審なくらいおたおたと立ち、幾度もふたりに頭を下げる。

「小学生のときのあだ名がホネで、中学生のときはスジでした」

水分補給か、前歯を舌でなめまわしながら男は突然そんなことを言う。

「高校のときはハリーで。あ、ハリーって、針金のハリをとってアメリカ風にしたっていうか」

濡れた前歯を見せて笑う。スジだのホネだの言われたって返答に困る。

何も言わないでいると、男はにやついたような表情をしてうつむき、紅茶の入ったカップのなかをながめている。男の肩越しにカップルがいる。まだ肌寒いというのに肩を出したニットの女と、カウチンを着てこちらに背を向けた男。

「ぼく、漫画、読むのすごく早いんです。ぱっぱっと、数秒でめくっちゃいます。びっくりされるんですよ、会社の同僚に。おまえ本当に読んでるのかって。でもあらすじ、きちんと説明できます」

顔をあげてホネ男は言う。えーすごいですね、とあたしは言う。えへへ、とホネ男は笑う。また会話が終わり、ホネ男は笑いを嚙み殺したような顔であたしから目をそらし、さっきと同じにやつくような顔でうつむく。あたしはこの場から、一刻も早く立ち去りたくなる。

いろんなことがうまくいかないのは、あなたのその、どうしようもなく分厚い頑丈な殻のせいなのよ、わかる？

ずいぶん昔、女友達に言われたそんなせりふを、唐突に、正確に思い出す。外から殻をこわしてあげることはできないんだから、あなた自身が内側からこわさなきゃだめなのよ。ねえ、そのままでいると、本当にやばいわよ？　戸越《とごし》なり子はそう言った。短大のときのクラスメイトだ。あたしはあいまいに笑ってみせた。それ以来あたしは戸越なり子に会っていない。その日から数ヶ月、眠る前に戸越なり子を呪った。男にふられろ。仕事でこけろ。友達にきらわれろ。路頭に迷え。拒食症になれ。しあわせという言葉から、一生遠ざかっていろ。一日たりとも忘れずに、毎晩。

「みちるさんは、どんなことが得意ですか？」

ホネ男が顔をあげて訊く。

「得意なこと……花の名前にくわしいことくらいかしら。あたし、花屋になりたかったもので」

そんな嘘を口にする。花屋の店主、野村典生の母親が思い浮かぶ。野村典生と毎日食事をともにする女。野村典生を毎晩寝かしつけてやる女。あの一度の性交で身ごもっていたら、今ごろあたしにもちいさな子どもがいる。きっと野村典生みたいな男の子だろう。あたしはその子とともに食事をし、ともに風呂に入り、ともに眠っていただろう。

「花ですか、女性らしくて、すてきだな」

ホネ男は言い、またうつむく。にやついたような表情をしている。この男も、きっとあたしのことを笑いたくてしょうがないのだろう。あたしもこの男を傷つけるために、何か言葉を吐き捨てたり、彼のようにわざとらしく含み笑いをしたりしてやろうかと思うが、有効な一撃が思い浮かばない。

「なんだか、困っちゃいますね」

ホネ男はうつむいたまま言って、こみあげる笑いをこらえるように唇をもぞもぞと動かす。あたしだって困ってる。泣き出したいのを、あたしはぐっとこらえる。

本の買い取りは社員と勤続年数の長いアルバイトがやる。店内放送は声のきれいな子がやる。レジ係は見栄えのいい子がやる。本の運搬、整理は容姿の冴えない、地味な男女がやる。これらは決まりごとではなく暗黙の了解事項だ。

端の棚からひとつずつ、医学関係のなかにコンピュータ本が交じっていないか、歴史小説のなかに囲碁本が交じっていないかをあたしはチェックして歩き、あらたに積み上げられた本を倉庫から運び出し、翻訳小説は海外小説の棚に、自己啓発本は心理関係の棚に一冊ずつ収めていく。

五時までの就業中、だれもあたしに話しかけてこない。アルバイトたちはもちろん、客すらもあたしには話しかけない。音楽雑誌のコーナーはどこですか？　とか、これさっき買ったら中身が切り取られてたけど、とか、客はあたし以外のだれかをつかまえて声をかける。これはとてもいいことだとあたしは思っている。あたしは透明人間のように店内を移動し、本という本をすべて正しい位置に戻しながら、空想に没頭できる。たとえば野村典生を風呂に入れてやることなんかを思い描く。空想のなかであたしは両手をシャボンで泡立てて、蒙古斑の残るつるんとした尻を洗ってやり、やわらかい癖毛を洗ってやり、湯船でいっしょに数を勘定してやる。

この古本屋でのアルバイトは七ヶ月目になる。長く続いているほうだ。その前の、隣町での英会話学校の受付は五ヶ月だったし、その前は通勤に一時間かかる繁華街で、三ヶ月だけデパートの売り子、その前は通信販売の電話受付を半年、その前はファミリー・レストランを半年、その前は和風居酒屋で配膳係をしていた。醜いうえに太っているミイラのミイちゃんなのに、人前に出るような仕事ばかり採用される。

五時になり、あたしは自分で肩を揉みながら控え室に向かう。昼番の女の子たちが次々と控え室に入ってきて、着替えず、中央のテーブルをとりかこんで菓子を食らっている。いつもとかわらない明るい笑い声。

ロッカーを開けると、上の棚に何か包みが置いてある。胸の奥がぞわりとする。こういうことは以前にもあった。電話受付のときも、ファミレスのときも。あたしはおそるおそる手を伸ばし、そこに置いてある包みを手にする。橙色の包装紙でくるまれ、紺色のリボンがかけてある。ちょうどてのひらくらいの大きさだ。なんだろう。いやらしい文庫本。折れた口紅。コンドーム。電動こけし。鼠の死骸。

「あっ、進藤さん、それね」背後から声がしてあたしは体をこわばらせる。ふりむくと、テーブルの周囲にたむろしていたひとりがこちらを見て笑っている。髪の短い、目玉の大きな子だ。「十七日、進藤さんお休みしてたでしょ？　あの日が、向田さん最後だったのよ。向田さん、みんなにプレゼントくれたの。進藤さんに会えなかったから、ロッカーに入れておくって。よろしくって、ありがとうって言ってた」

「十七日」あたしはくりかえす。お見合いの日だ。向田ってだれだ。

「ほら先週。進藤さん、あのままいけば皆勤賞だったのに、休んじゃって」女の子は笑う。

「皆勤賞っつったって半年無遅刻無欠勤で、ようやく図書券一枚」眼鏡をかけた女の子が言う。

「えー、一枚だって図書券だよ、立派な」その向かいの金髪の子が言う。

「金券屋に持っていけば四百八十円で買い取ってくれますよ」パイプ椅子に座ってクッキーを頬ばる女の子が言う。

「うわ、せこー。ナミちゃん若いのにせこいこと言うわー」金髪が声をあげる。

向田ってだれだ。そういえば、長くてぱさついた髪をひとつに結わいた、ヤンキーくさい女を最近見ていない。あれが向田さんなのか。あたしはぼんやりと手のなかの包みを見る。

「なんかみんな中身ちがうみたいですよ」ナミちゃんと呼ばれた子があたしに言う。

「進藤さん、開けてみたら？」金髪が言う。

「あたしはネイルキットでしたよ。前田さんはマグカップでしたっけ」

「向田さん、こまやかだから」

「進藤さんのはなんだろうね」

テーブルをとりかこむ数人の女の子たちはにやにや笑ってこちらを見ている。あたしから目をそらし、笑いを嚙み殺してティーカップの底を見つめていたホネ男を思い出す。あたしは手のなかのプレゼントをコートのポケットにつっこみ、あわただしく着替える。

「お先に失礼します」

言って控え室を飛び出る。

包みを川に投げ捨てるつもりで、商店街を急ぐ。八百屋の声も無視し、今日は「花と緑のいいじま」ものぞかない。どうせろくなものは入っていない。コンドームか、いかがわしい本か、割れた茶碗か。だいたい、向田という人がロッカーに入れたかどうかもあやしい。あそこにいる女子全員で、何か企んだのかもしれない。いつもそうだったじゃないか。ロッカールームでわくわくと包装紙をほどき、箱を開け、出てきたコンドームやら大人のおもちゃやらを絶句して眺めているあたしを、みんな笑っていたじゃないか。

　まだ日は暮れきっておらず、町は鼠色だ。商店街の橙の明かりが、コロッケや時期の早い苺を照らしだすのが、先を急ぐあたしの目の端に映る。

　商店街の突き当たりには小学校がある。野村典生が通う小学校だ。門は閉ざされ、校舎の片隅にだけぽつりぽつりと明かりが漏れている。校庭で遊ぶ子どもの姿はもうない。いつもは眺めまわす小学校も、今日は足早に通りすぎようとして、ふと立ち止まる。鼠色の薄闇から絞り出されるように、野村典生がひっそりと校門をくぐり歩道に出てくる。家のある商店街には向かわず、こちらに背を向けあたしの数メートル前を歩いていく。もう晩ごはんの時間だというのに、いったいどこへいくのか。歩く速度は自然に遅くなる。そうする意志はないのに、ランドセルを背負った野村典生のあとをつける格好になる。野村典生は六年生にしては背がちいさい。水色のフリースジャンパーを着ている。尻の部分が白くなったジーンズをはいている。野村典生のうしろ姿は、なんだか目的地を目指す大人みたいに見える。川べりであの男と待ち合わせをしているんだろうか。よくいっしょにいる、父親にしては若い花屋の店員。最近見かけないけれど、以前はふたりよくいっしょに歩いていた。

　川に架かる橋を渡らず、野村典生は河川敷に降りていく。等間隔に街灯の灯る河川敷に、あたしはさっと視線を走らせる。ひとけはほとんどない。高校生のカップルが自転車を真ん中に立ち話をしている、中年女がシーズー犬を散歩させている、塾へ向かうのだろう中学生が中華まんを頬ばりながら通りすぎていく。みんな、薄闇のなか、影のように漂っている。周囲にはあの男の姿はないし、野村典生のクラスメイトらしき子どももいない。野村典生はどこへいくのか。あたしのことなどだれも見ていないが、これが帰り道なのだというふりをして野村典生のあとをつける。野村典生はうつむきがちにまっすぐすすみ、そうして、雑草の生い茂る川べりに、電池が切れるみたいにすとんと腰を下ろした。

野村典生がそこに座りこんでしまうなんて思いもしなかったので、あたしは戸惑い、先へすすみ損ねて野村典生のちょうど背後に立ちすくむ。野村典生はランドセルを降ろし、なかから何かをとりだしてあぐらをかいた膝に置き、じっと見つめている。何か、テスト用紙のようなものだった。ノートかもしれない。教科書かも。野村典生は膝に置いたその何かを音もなく破り、くしゃくしゃにまるめて放り投げる。犬ころみたいにそれを拾いに走りたい衝動に駆られるが、ぐっとこらえあたしは野村典生を凝視する。二人連れの、制服姿の女の子があたしの背後を通りすぎていく。やーだー、まじー？　ありえねえーっ。

彼女たちのたてる笑い声に野村典生はふりむき、背後に立ちつくすあたしに焦点を合わす。目が合う。野村典生の、眼鏡の奥、黒目がちな大きな目は、あたしを射貫《いぬ》くようなまっすぐさでこちらに向けられている。

あとをつけてきたのがばれた、毎晩野村典生のことを考えていることがばれた、いっしょに食事をする妄想をしていることがばれた、風呂に入れる妄想をしていることがばれた、頭のなかでめまぐるしく声がし、やばいから今すぐ立ち去れと緊急命令が下されているのに、しかし、頭のべつの部分で、野村典生と見つめあっている自分が、たった十歳であるかのような錯覚を抱いている。その錯覚には奇妙に現実感があり、あたしは立ち去ることも目をそらすこともできなくて、自分でも信じられないが、

「どうしたの?」と声をかけている。「どこか痛いの?」テープレコーダーを再生しているように自分の声が聞こえる。「だいじょうぶ?」

言いながら、あたしはあぐらをかいている野村典生に近づいていく。野村典生は身動きせずあたしを見ている。

ひょっとしてこれはチャンスかもしれない。神さまのくれた大チャンスかもしれない。そう思っているあたしが、十歳なのか三十五歳なのかもはやわからない。

あたりが暗いとはいえ、こんなに間近で野村典生を見るのははじめてだ。やわらかそうな髪、長いまつげ。整えられていないぼさぼさの眉、首筋のほくろ。赤く乾燥した唇

は真横に開かれ、あたしに笑いかけ、みちるちゃん、とあたしの名を発音する。笑いながらピンク色の舌を出しあたしの頬をぺろりとなめる。どこか乳くさい、生あたたかい湿った息があたしの頬にかかる。

「べつに」

目の前の野村典生は素っ気なくつぶやいてすばやく立ち上がり、橋の方向に駆けだしていく。さっきより濃度を増した闇に、水色のフリースジャンパーはあっというまに紛れ、見えなくなる。

あたしはひとり雑草のなかに立っている。レトリバーを連れた老人が街灯の明かりを縫うように歩き、若い男が自転車で通りすぎる。今までの全部が、あたしの妄想であるかのように思われた。

そんなはずはない。あたしはたしかに間近で野村典生を見、言葉を交わしたのだ。あたしはかがみこんで草むらのなか、野村典生が投げ捨てた紙切れを捜す。これだと思って手にとると、スナック菓子の空き袋だったり、乾燥したティッシュだったりしていらいらする。風はひどく冷たいのに、あたしの額は汗ばみはじめる。とがった草の先がすねや手の甲にちくちく当たる。フレアスカートの裾に乾燥した草の実が幾つもへばりついている。闇はどんどん深くなる。

どのくらい草むらにはいつくばっていたのか、あたしはようやくまるめられた紙屑を手にする。あたしと野村典生がたしかにコミュニケートしたという唯一の証拠品だ。額の汗を拭い、あたしはその場にしゃがみこみ、かたくまるめられた紙屑をゆっくりと開いていく。

あらわれたのは何ページか重ねて破られた教科書だった。おそらく国語の。黒マジックでページいっぱいに落書きがしてある。目ばかりが目立つへんな顔の落書きと、ばか、とか、ぎょろり、とか、うんこ、とか太いサインペンで書き殴ってある。黒マジックの合間、印刷された文字が問うている。〈イからホまでを漢字に書きかえなさい。傍線1の意味をほかの言葉にすると、次のどれが当てはまりますか。1ひょっとすると　2まちがいかもしれないが　3いっしょにやれば〉

破かれた教科書を四つ折りにしてあたしは顔をあげる。川にかかる橋の上を、バスやトラックが行き交っている。バスは車内が白く光っていて、ぎゅうぎゅう詰めに乗りこんだ人々の細部まで照らしだしている。

立ち上がり、歩きはじめる。四つ折りにした教科書をねじこもうとポケットに手を入れると、何かに触れた。取り出してみればそれは、ロッカーに入っていたプレゼントだった。あたしはその場で足を止め、紺色のリボンをほどき包装紙を剝《は》いでいく。何が出てきても今なら驚かないような気がした。驚きも落胆も、怒りも恐怖も感じないような気がした。

包装紙をとくと、封筒と白い箱が出てきた。箱を開けると、黄色い薄い紙が入っており、その下に、ハートのかたちをした小物入れが入っている。紺地に金色で細かい模様がていねいに描かれた小物入れで、ふたの中央に黄色い鳥の絵が描いてある。黄色い紙は小物入れの説明書きだった。「カシミールの紙小箱」と、その紙には印刷されていた。商品の特徴について、取り扱いについてなど、ちいさな文字で記されている。いっしょに入っていた白い封筒を開くと、無地のカードが出てきて、それには一言「お世話になりました。向田利枝より」と書かれていた。

あたしは河川敷に突っ立ったまま、野村典生が捨てた数ページの教科書を、八つ折りにし、さらにそれを半分に折り、小箱に押し込んでふたをした。それをコートの左ポケットに、包装紙とリボンを右ポケットにつっこんで、橋を目指して歩き出す。

バスや乗用車に追い抜かれながら橋を渡り、街灯の明かりをたよりにあたしは小物入れの説明書きを読んでみる。

カシミールの紙小箱。説明書きはしずかに告げる。この商品は、インド北部カシミール地方の紙細工で、現在も、ひとつひとつ手描きで細密模様を施しています。この色彩と模様はペルシャ文化を起源としています。手づくりの製品ですので、各々の色や形、風合いなどが異なっています。

カシミールってどんなところだろう。インドだから暑いのか。カレーのにおいが充満した町なのか。女たちは色鮮やかなサリーを着て、男たちは頭に布を巻いているんだろうか。埃っぽくて、蠅が多くて、牛がうろうろ歩いているんじゃないか。

たぶん一生いくことのないだろう町を思い描いていると、向田利枝の顔をふいに思い出した。ぱさぱさの茶髪の、前歯が大きな、漫画の兎みたいな女の子だった。おはようございまーす、と、昼でも夜でも元気に声をかけてきた。顔が思い出せなかったのはあたしがそれを無視していたからだ。

カシミールの紙小箱工場はどんなところだろう。古本屋の控え室みたいに、女たちが群がって、菓子を食らうかおしゃべりをするかで絶えず口を動かしながら、手仕事をしているのだろうか。お茶はやっぱりミルクティなんだろうか。お菓子はカレー味なのか。窓からは風に揺れるマリーゴールドの花が見えるんだろうか。そこには、あたしみたいな女もひとりくらいはいるんだろうか。

ミルクティをのぞきこんでいたホネ男を思い出す。あの男、あたしを笑っていたんじゃなくて、ただ、照れていたのだ。にやにや笑いはホネ男の照れた表情なのだ。ホネ男の本当の名はなんといったか。

顔をあげる。ふりむくと、闇のなかに野村典生の姿はとうに見えない。川面に視線を移す。川べりに続く街灯を、揺れる水面は吸いこむように映して、はるか果てまで川は白く光り輝いている。

牛肉逃避行

なんだかもううんざりだ、と、ホテルのティールームでぼくは突然思う。絶望とは、まさに今のぼくを支配している気分だろう。今まで絶望的だと感じたすべてのこと——女にふられた、大学に落ちた、そういう全部、今の気分に比べたらかわいいもんだった。気分がすぐれない、とか、そんな程度の話でしかない。

二月だというのに、目の前に座る陶子は肩丸出しのセーターを着ている。ぼくの肩越しに何かをじっと見ている。何があるのかとふりかえる。太った女と痩せた男が座って茶を飲んでいるだけだ。

「あの人たち、お見合いなのよ」

陶子が言う。そんなのなんだっていいじゃないか。

「なんでわかるんだよ」

けれどぼくは興味があるふりをして訊く。

「しんちゃんは見てなかったけど、さっき二人を引き合わせる仲人みたいな女がいたんだもん。おたがいを紹介しあっててさ。でも仲人役が二人とも帰っちゃったら、あの二人、ずっと黙ったまんまなの。話がぜんぜん弾んでない」

陶子は声を落とし、テーブルに両乳をのせるようにして言う。

「ふうん」

ぼくは言い、カップに残った黒い液体をのぞきこむ。ティールームはガラス張りで、陽が惜しげもなくさしこむ。なんだかもう春になったみたいなやわらかい陽射しだ。

「ステーキ食べたいな」

剝き出しにした肩をすくめて陶子が言う。

「昼に食べたじゃん」

うんざりしてぼくは言う。昨日の昼もステーキだった。夜は焼き肉。まったくこれじゃ牛肉紀行だ。牛肉逃避行か。

「でもまた食べたいの。あたしが、じゃなくて、赤ちゃんが食べたがってるの」

いやな赤ん坊だな、と言おうとして、言わない。こんなところで泣き出されたら困る。

妊娠して食の好みがかわったと言い、今年に入ってから陶子は肉ばかり食べたがる。つわりがないのはラッキーだと陶子は喜び、欲求のまま焼き肉だのステーキだのを食べているが、それはぼくにとったらなんだか薄気味悪いことだった。

どうせ住むなら今まで住んだことのないところがいい、と言い出したのは陶子で、ぼくらは今年になってからの週末を、ずっと東京近郊への小旅行でつぶしている。先週は千葉だったしその前は茨城だった。この町へきたのは昨日の夜で、電車が繁華街らしい駅に停車したのでぼくらは降り、駅から近いこのさくらホテルにチェックインした。今日の夜にはまた、東京に帰らなければならない。

今日は午前中から駅前近辺を歩き不動産屋をのぞいた。この町はなんだか大きすぎるわ、と、昼食をとるために入ったステーキ屋で陶子は言った。冴えないステーキ屋だった。壁やインテリアがウェスタン風にしつらえてある、田舎町にありがちな店だ。

四百グラムのレアステーキを食べながら、陶子はさらに言った。午後は電車に乗ってもう少し先へいきましょうよ。各駅しか止まらないようなところのほうが、きっとしずかでいいよ。それでまた捜そう、ね？　と。

平日は自分の家で寝ているのに、なんだか長いこと放浪の旅をしている気分だ。もうずいぶん自分のベッドで眠っていないような、そういう疲れが全身を包んでいる。ああもう本当に家に帰りたい。自分のにおいが染みついた布団にくるまれて、一晩でいいから夢も見ずにぐっすり眠りたい。そんなことを思っている。

「ふたりともしゃべらないけど、お見合いは意外にうまくいくかもしれない」

陶子はあいかわらずぼくの肩越しのカップルを見ている。ぼくは何気なさを装ってもう一度ふりかえる。紺色の、なんだか古くさい型のワンピースを着た太った女は、ぼんやりした顔で窓の外を見ている。目線を追うと、ホテルの入り口付近に屯《たむろ》している若い女たちが目に入る。全員、これから仮装行列に参加するような珍妙なドレスを着ている。フリルやレースやオーガンジーが、陽射しを受けてちかちか輝く。結婚式でもあるんだろうか。

太った女の向かい、ぼくに背を向けて座っているスーツの男はかなしいくらい痩せていて、その背中はまるでスーツを引っかけたハンガーみたいに見える。

この二人が見合いをしているのだと陶子は言ったが、そうではないとぼくは直感的に思う。この二人は長く連れ添った夫婦だ。たがいに馴れ馴れしく接していないのは、初対面だからではなくて、彼らが自分を知っているからだ。分相応に振る舞っているからだ。まるまると太った肌つやのいい女は、流行の服がほしいなんて思わず、ハンガーみたいに痩せた男は、ワインにもサッカーにも海外旅行にも新築一戸建てにも若い女の嬌声にも、自分は一生縁がないと知っている。彼らの考えていることはただひたすら今日の夕飯、八時からはじまるバラエティ番組、そして眠る時間、それだけだ。

「そろそろ部屋捜し午後の部に出発するか」
テーブルにのった薄い勘定書を手にして、ぼくは立ち上がる。何がおかしいのか、くすくす笑いながら陶子は紅茶を飲み干す。

駅までの道を歩く。陶子の言うとおり大きな町だ。駅へ向かってショッピングビルとデパートが林立し、その合間を映画館やゲームセンターが埋め尽くしている。陶子は肩出しセーターの上にベージュのコートを羽織り、ぼくの腕に腕を絡ませて歩く。人通りが多い。中学生くらいの女の子の群れがぼくらとすれ違う。全員アイスクリームを食べている。見上げると空には雲がなく、電線に鳥か鳩か、鳥が黒い影になって連なっている。

堂々と腕を組んで歩く。去年のクリスマス前まではとてもできなかったことだ。こうできたらいいなと願っていたようなことだ。それなのに今、ぼくは片腕に絶望をぶら下げて歩いているような気がしている。

クリスマスまで、陶子は瀬谷陶子だった。瀬谷さんという人の妻だったのだ。クリスマス直前に瀬谷さんにぼくらの関係がばれて、彼らはあっさり離婚した。彼らのあいだにどんなやりとりがあったのかぼくは知らない。クリスマスに会ったとき、離婚してきたわと、陶子はけろりとして言った。今すぐは無理だけど、あたしは前川陶子になるわ、と。前川というのはぼくの名字で、離婚してきたというのも寝耳に水だったし、だいいちぼくは結婚なんてまったく考えたことがなかったから、言葉に詰まった。言葉に詰まったぼくを見て陶子はさらに言ったのだ。おなかに赤ちゃんがいるの。もちろんあなたの子だよ。瀬谷とは一年以上関係してないって知ってるよね？　しんちゃん、家族がいっぺんに増えちゃうね。

「ねえ、切符どこまで買おうか」

券売機の前に立ち、陶子はぼくを見上げて訊く。券売機の上の路線図を見るが、当然のことながら、見慣れない駅名ばかりが続いている。野々宮、桜台、戸谷、松原平——どこだって同じだ。

「一番安いのを買って、あとで精算すればいいんじゃない」

「そうだね」

とうなずくものの、例によって陶子は財布を出そうとしないから、尻ポケットから小銭を出して二人分の切符を買う。下りのホームに向かう階段を上がり、陽だまりに立つ。ちいさな子どもを連れた若い夫婦がぼんやり立っている。五、六人の中学生が輪になって何かを討論している。ずいぶん中学生の多い町だ。

ものすごい素早さで陶子は元夫に家を追い出され、ぼくのアパートに転がりこんできた。不便だとか窮屈だとかひっきりなしに文句を言いながら、ちいさな台所で朝飯と夕飯を作り、トイレといっしょのユニットバスでシャワーを浴び、狭い和室でいっしょに眠った。ぼくらの関係は不倫ではなくなって、ごくふつうの、どこにでもある恋愛におさまった。しかしそうすると、とたんにおもしろくなくなった。すべてが色あせて見えた。陶子の、この女の、いったいどこが好きだったんだろうとすら、ぼくは思った。

けれどそれは、陶子が人妻だったから、手に入らない存在だったからもりあがっていたというような話でもないのだ。不倫、妊娠、離婚、そして婚前同棲にいたる過程で、陶子は何かをすっかり勘違いしてしまったらしく、ぼくのアパートに転がりこんできた時点で、人格が以前とずいぶん変わっていた。わがままになり、横柄《おうへい》になり、傲慢《ごうまん》になり、高飛車になり、ぼくを見下《みくだ》すようになった。

そもそも自分は優雅に暮らす平和な奥さんだった。それが、年下男に言い寄られ、ほだされるようにして予期せぬ恋に落ちてしまった。夫と恋人と、胸がはりさけるほど奥さんは悩み、結論が出せずにいるうち、恋人の存在が夫にばれ、夫と恋人は奥さんをとりあって大揉めに揉め、結局妊娠が発覚して、寛大な夫が妻と生まれてくる子のしあわせを祈って、泣く泣く彼女を恋人に譲った。これが彼女の抱いているストーリーだ。そんなすったもんだを経て奥さんを手に入れた若造は、だから当然、彼女を女王様みたいに扱わないといけない。いつまでも安アパートに住まわせておいてはいけないのだ。ねえ、ぼくらが伝言ダイヤルで出会ったのを忘れたの？ 結婚する前から夫のことなんか愛していなくて、でも仕事もアルバイトもたるくて専業主婦になりたくて、伝言ダイヤルや出会い系サイトを経由して何度か見知らぬ男と遊んで、でも好きになったのはあなただけだよとぼくに言って、夫のボーナスをくすねてロレックスの時計を買ってくれたのを、全部忘れたのかよ？ 彼女の肩を揺すって、ときおりぼくはそんなことを言いたくなる。言わないのは彼女を傷つけたくないからではなくて、彼女にかないっこないとわかりきっているからだ。だって彼女は、本気で勘違いストーリーを信じているから。

「ねえ、見てよ、あそこにさっきのお見合いの女がいる」

陶子はぼくをつついて言う。中学生の向こうに目をやると、たしかに、さっきホテルのティールームにいた太った女が、黒いコートを着てぽつねんとホームに立っている。ハンガー男がいっしょにいないところを見ると、やっぱり彼は長年連れ添った夫ではなかったのかもしれない。

下り電車がホームに入ってきて、扉を開ける。ぼくらは乗りこむ。違う扉から同じ車両に太った女は乗ってきて、銀色の手すりにつかまり、ぼんやりした顔で窓の外を眺めている。電車が走り出す。ホームにいた中学生や家族連れが遠ざかる。吊革につかまるぼくの右腕に抱きつくようにして、陶子はこの町の印象について話し出す。このあたりに住めば、買いものはさっきの駅にいくんだね。でも丸井もパルコもあったし、コジマの看板も出てたから困らないかもね。問題はしんちゃんの通勤時間だね。一時間半までならいいって言ってたんだっけ？　ここだとぎりぎり平気かな。

先週も、先々週も、その前も、乗ったことのない私鉄電車に揺られながら陶子はそう言っていた。ここなら住みやすそうだね。あとはしんちゃんの通勤時間だね。けれど実際に見せてもらった部屋になんだかんだと難癖をつけ、結局ぐずぐずと新居を決めないのも彼女自身だ。

「あのさ、通勤なんてどうだっていいんだよ」窓の向こうを眺めてぼくは言う。「こないだからそう言ってるじゃん。あんまり遠いようだったら仕事かえたっていいんだしさ。だから、とりあえずここがいいってとこがあったらちゃんと言いなよ」低く連なる屋根。ぽこりと突き出た巨大看板には、パチンコ屋が広告を出している。

「しんちゃん、パパになるのにまだフリーター気分なの？　かんたんに仕事かえるとか言うのやめてよ。だいたいそれじゃあ本末転倒じゃない。今のお給料を基本にして考えて、都内には住めないからっていうんであたしたち遠くに住まい捜しにきてるんだよ？　もしさっきの駅なら駅でさ、仕事はあるかもしれないけれどお給料はまた下がるじゃん、下がったらまたさらに遠くへいかなきゃなんないじゃないの、そんなことしてたらあたしたち、ものすっごい僻地で暮らさなきゃいけなくなっちゃうよー？」

　陶子はぼくを見上げてべらべらとしゃべり、最後には何がおかしいのか笑い出す。顔が赤くなるのがわかる。というのも、ぼくらの前に座っている中年の夫婦が、知らんふりしつつしっかりぼくらの話に耳をそばだてており、「都心で稼ぐ給料では東京近郊でしか暮らせず、東京近郊で稼ぐとしたらさらに田舎暮らし」という陶子理論に、頭頂部の禿げた男のほうが、おそらく無意識にだが幾度もうなずき、それに中年女が含み笑いで目配せをし、無言のまま二人で勝手に意見交換して何かうなずきあっているからだった。

「声を落とせよ」

腕にぶらさがるようにしている陶子にぼくは言うが、彼女はそれを無視して、

「ねえ、どこで降りようか、しんちゃーん？」

などと甘えた声を出す。

目の前の座席に座る中年夫婦から目をそらす。手すりにつかまっていた太った女が、

コートのポケットに手を入れて何かを捜している。次の停車駅で降りるらしいとピンとくる。

「じゃあ次で降りてみる？」

ぼくは女を横目で眺めながらそう言っている。

「そうね、降りてみて、いやだったらまた電車に乗ればいいしね」

窓の外に目を凝らして、陶子はぼんやりした声で言う。

電車が停まると太った女はのろのろと降り、コートのポケットに手を突っ込んで、改札へ向かう階段を下りていく。幾人かが彼女を追い抜いていく。数人の子どもがふざけながら階段を駆け上がってきて、ひとりが彼女にぶつかる。ちいさな子どもはその反動で、二、三段後ろへよろめき、女はあわてて子どもの腕を握る。落ちそうになったところを助けられ、恥ずかしいのか、子どもは女の腕をふりきって階段を駆け上がる。ホームから子どもたちの耳障りな笑い声が聞こえてくる。女は何ごともなかったかのように階段を下り、薄暗い通路を歩いて改札へ向かう。

黒いコートを着た、岩のように頑丈そうなその後ろ姿を見ていたら、まったく見ず知らずの女の半生が、映画みたいに次々と頭に浮かんできた。たぶん友達はさほどいないだろう。何もしないで人から好かれるような女ではないのだろう。さっきの痩せた男が夫でないとするなら、恋人もいないだろう。男からちやほやされたことはただの一度もないだろう。こうしたい、こうなりたいという目的や希望など持ったこともなく、ただ一日一日をまわしていくためにガリガリ働いているのだろう。パソコンと一日向きあうような、地味でやりがいのない仕事を、もうずっと長いことやっているんだろう。恋愛だの結婚だの浮気だの不倫だの二股だの、そういうこととこれまでもこれからもいっさい縁がないのだろう。

その救いようもなく地味な女を、猛烈に羨ましく思っている自分にふと気づく。その清潔な分相応を。揺るぎない巨大な背中を。そこに地のあることを絶対に疑わない太い脚を。

女を追うようにして自動改札に切符をすべりこませると、ばたんと改札機の扉が閉まり、ピンポン音がけたたましく鳴り響く。こんもりした岩みたいな女の背中が、陽光に溶けるように遠のいていく。

「あ、精算しなきゃだね」

陶子の声に我に返り、改札機から突き出ている切符をぼくはゆるゆると引き抜く。

女が出ていったのは南口だった。南口改札を抜けるとなんの変哲もない地方の町が広がっている。たぶん一週間もすれば、先週いった町、先々週歩いた町とごっちゃになって、どこがどこかわからなくなってしまうだろう。ロータリーをまるく縁取るように数軒の店が並んでいる。本屋、不動産屋、喫茶店、居酒屋、古本屋、パチンコ屋。バス停には白地に赤い線の入ったバスが停まっている。タクシー乗り場があるがタクシーは一台も停まってない。ロータリーに女の姿はもうない。

「しんちゃん、この町はいいかもね、のんびりしてて」

隣で陶子が言う。先週も先々週もその前も聞いたせりふだ。

「あそこに不動産屋があるけど、いってみようか」

ぼくは言い、歩き出す。ロータリーにはほとんど人の姿がない。ショッピングカートを押しながら、ひどくゆっくりとした足どりで老婆が駅へと向かっている。

不動産屋のガラス戸一面に貼られた間取り図をぼくらは眺めていく。２ＤＫでだいたい七万円が相場だ。３ＬＤＫだと九万円からある。

「やっぱ安いねー」陶子が言う。

これなんかどうかな、と、管理費込みで家賃八万七千円の３ＤＫ、駅から徒歩五分の物件を指そうとして、しかしその指をぼくはひっこめる。八万七千円なら今ぼくが住んでいるぼろアパートとそうかわらないから、払い続けることはできるだろう。しかし赤ん坊が生まれたらどうなるんだろう。赤ん坊が大人になっていくまでにどのくらい金がかかるんだろう。八万七千円の部屋に住んでしまったら、一年後には食べるものにも事欠くことになるのかもしれない。五万円以下の、管理費込み家賃四万八千円木造2Kバス十五分バス停徒歩三分という物件のほうが、のちのちいいんじゃないだろうか。

「ここ、見せてもらおうか」

四万八千円の物件をぼくは指す。陶子はそれをじっと見ている。ぼくらの背後でバスが発車し、どこかへと走り去る。

「ねえ、この不動産屋、あんまりいい物件ないんじゃない。商店街を歩いてほかの不動産屋を捜さない？　なんかもっと今風の、おっきいとこがいいよ」

陶子は明るく言い放ち、ぼくの腕に両腕を絡ませる。

南口商店街と書かれたアーチをくぐり、休日の商店街をぼくらは歩く。犬を連れた女が散歩している。ベビーカーを押す若い夫婦がぼくらの少し先を歩いている。なんだか毎週同じところに戻っているような錯覚を味わう。五日働いて見知らぬ町の商店街。五日働いて見知らぬ町の商店街。五日働いて見知らぬ町の商店街。五日働くとここに戻る。傷のところで針が飛んで同じフレーズをくりかえすレコードみたいに、五日働くとここに戻る。でも、そのほうがいいじゃないかとぼくは思う。永遠にここに戻ることのくりかえしならば、赤ん坊は生まれないしバス十五分家賃四万いくらのアパートに住むこともないのだから。

「ねえこんなしょぼい商店街に、けっこういい感じのレストランがあるよ。イタリアンだって。ふうーん。あっ見て見て、あそこでクレープなんか売ってる。なつかしいねー、食べようか?」

陶子はぼくの腕を引いて言う。太った女はどこへ帰っていったのだろう。風がやんで、レストランにかかる国旗や電信柱に吊り下げられたビニール花の飾りがぴたりと停止する。商店街はちょうど真ん中から日向と日陰にくっきりわかれている。クレープ屋の店頭に走る陶子が、まるでスローモーションのように目に映り、ぼくはふと、夏のさなかを思い出す。

陶子と知り合ったのは梅雨の時季で、梅雨明け宣言のころのぼくらはやたらもりあがっていて、少しでも時間があくとデートをしていた。今にすれば豪華なデートだった。陶子が全部金を払っていたからだ。もちろんそれは瀬谷さんの金なんだけれど、そんなのどうだってよかった。超高層ビルのレストランやこじゃれたバーで食事をし、酒を飲み、シティホテルに泊まり、近場への移動でも馬鹿みたいにタクシーに乗った。温泉旅行もした、ギャンブルもした、時計もスーツももらった。自分の暮らす1DKのぼろアパートに、ロレックスやプラダが似合うのか似合わないのか全然わからなくなっていた。

六畳間に冷たい布団を敷いて眠って、目覚ましで飛び起きて仕事にいって、家具屋や雑貨屋を飛びこみでまわって自社製品を売りこんで、という生活が、くりかえし見ている珍妙な夢で、陶子と待ち合わせ、雑誌に出ていた隠れ家レストランとやらにいき、そのままホテルに直行し、夜景を見ながら名を知らぬカクテルを片っ端から飲み、客室になだれこんでぱりっと糊のきいたシーツの上で幾度も交わる時間のほうが、実際に進行している現実だと思いこんでいた。

待ち合わせ場所でぼくに手をふる陶子の姿を思い出す。ちょっとびっくりするほどかわいかった。三十歳を過ぎた人妻なんて思えなかった。裾の広がった白いワンピースなんか着て、ぱあっと顔じゅうで笑って。彼女が手をふっているぼくという人間が、とてつもなくかっこいい男に思えるくらいだった。

「あ、不動産屋があった。あそこ、いいんじゃない、雰囲気も明るいし。ねえ、見てみようよ」

クレープを食べながら陶子は言い、数メートル先の不動産屋に向かう。不動産屋の前に設置された掲示板の前に立ち、ぼくらはまた物件を見ていく。さっきとさほどかわらない。駅から離れていて築年数が長ければ五万円以下、駅から近くて広ければ八万円前後。

「しんちゃん、一戸建ての貸家なんてのもあるよ、しかも八万二千円！　一戸建てで八万円なんて、やっぱ東京じゃあり得ないよね」

「でも平屋じゃん」

「いいじゃん、平屋、サザエさんちみたいで」

「じゃあ見せてもらう？」

訊くが、陶子はそれには答えずもしゃもしゃとクレープを咀嚼している。きっと今日も、なんだかんだと難癖をつけ、陶子はこの町をあとにするんだろう。そして来週また見知らぬ商店街を歩く。そんなことを思っていると、自動ドアがすっと開き、若い男が笑顔でぼくらに話しかけてきた。

「もしよろしかったら店内へどうぞ、物件、もっとたくさんあるんで」

陶子とぼくはびっくりして顔を見合わせる。

「あ、どうぞ、お食べのままいらしてくださってかまいませんよ」

男はへんな敬語で言い、手招きする格好のまま身動きしないので、しかたなく、ぼくらはのそのそと店内に入る。陶子とあちこち見てまわっていたが、不動産屋に実際に入ったのははじめてだった。うながされるままカウンターに座る。客はぼくら以外いない。カウンターの内側で、ピンク色のブラウスを着た女性がちらりとぼくらを見る。男は分厚いファイルを数冊用意しながら、にこやかに訊く。

「何か、気にいった物件はございました？」

陶子を見遣《みや》ると、黙ったまま子どもみたいにクレープを食べ続けている。しかたなくぼくは言う。

「あのー、八万いくらかの貸家ありましたよね、あれがわりと……」

「ああ、ああ、ございますね、貼り紙のあれはちょっともう契約済みなんですが、似たような物件でしたらいくらでもございますよ、えーとたとえば」ぼくらの前にファイルを広げる。「これ。これはかなりおすすめですね。一戸建て、庭付き、九万二千円。ここ、駐車もできるんですよ、それにここんちの風呂は広い！」ぼくらは黙って開かれたページに見入る。「あとね、ここは外見もけっこうしゃれてますね、内装はもちろんばっちりです、バスに乗りますがこの路線は十五分ごとにバスきますすんでね」男は新しいファイルをさっきのファイルの上にのせて言い、さらに何も言わないでいると、「うーん、これはどうだろう、これはバスじゃなく徒歩で十五分ですね。これも古いけれど広いんですよ、一見の価値はありますがね」またべつのファイルをのせる。何か言わないと、物件紹介が延々と続きそうだったので、

「これ、いいですね」

一番上にのった間取り図をぼくは指さしてみた。陶子はクレープをまだ食べている。

「あっ、そうですか、これ、いいですよ、本当に。内見されます？　ここんちは本当に、陽当たりはいいし、隣近所も親切なかたが多くて、十五分といってもね、この商店街、けっこう遅くまで明るいですから、夜、奥さんひとりでもまったく問題ないですよ」

男はべらべらしゃべりながら間取り図をコピーし、カウンターに広げたファイルをそのままに、

「車出してきますんで、少々お待ちください！」

威勢よく言って店を飛び出した。ぼくは陶子を見る。クレープを食べ終えた陶子は、ぼんやりした顔でカウンターを見ている。


なんていうか、ぼくの今の心象を見事に体現してくれているような、くたびれたちいさな家だった。赤いトタン屋根、ひびの入った板の外壁、薄っぺらい玄関の、四角い家。ああ、ここなのか、そうだよな、こういう程度だよな、と、まとまりのないことを思いながら車を降り、不動産屋の男に続いて家の玄関に近づく。陶子を見る。相変わらずぼんやりした顔で、その古いぼろ家を見ている。

「なかはリフォームかけてあるんで、新築同然ですよ」

男にうながされ一軒家に足を踏み入れる。ペンキの刺激臭が鼻を突く。新築同然というのはどうかと思うが、しかしたしかに壁紙や塗装はあたらしく、外観とは裏腹に清潔な感じがする。ひしゃげたようなスリッパをはき、廊下を進み、右手の部屋に入る。隅に台所があり、十畳ほどの空間が広がっている。

「こちらがリビングダイニングですね」男は言う。ガラス戸からまぶしいくらい陽がさしこんでいる。隣家の垣根と駐車場が見える。

「そしてこちらが和室、隣に洋室、トイレとお風呂はつきあたりです」

廊下を挟んで向かいに和洋の二室があった。不動産屋の男は二部屋の戸を開け放つ。ぼくはリビングダイニングを出、和室に足を踏み入れる。畳の青くさいにおいが充満している。窓の外には隣家の玄関があり、その先には畑が広がっている。染みひとつない真っ白な漆喰《しっくい》の壁のせいか、この部屋もずいぶん明るい。

「ふうん」なんとなくつぶやき、和室を出ようとしたその瞬間、パパ！　と発音する幼い声が、ちいさく、しかししっかりと耳に飛びこんできてぼくは動きを止める。部屋にはもちろんだれもいない。窓から外を見るが、木々が風に葉をなびかせているだけだ。今の声、甘い匂いを含んだようなあの声は、聞こえるはずのない何かだったんじゃないかと、咄嗟《とっさ》に思う。祖母が死んだ晩、彼女が台所を横切るのを、十歳だったぼくはたしかに見たのだが、ちょうどそんな感じだ。現実のものではないはずなのだが、しかしまったく恐怖を喚起しない何か。

青くさいにおいの充満する和室をぼくはゆっくりと見まわしてみる。廊下の向こう側、台所に陶子が立っている。陽の光に輪郭をぼやけさせ、こちらに背を向け何かしている。爪先立ちで背伸びをして、流し台の上の棚を開け、何か捜している。彼女が捜しているものがなんなのか不思議なくらいはっきりわかる。赤い缶かんに入ったビスケットだ。動物のかたちをした、表面に塩の粒がついたほのかに甘いビスケット。爪先立ちをした陶子の足元に、ようやく歩けるくらいの子どもが近づいてくる。色も量も薄い天然パーマの頭髪、おもちゃみたいな指と爪、おむつでまるくふくらんだ尻、輪ゴムを幾重にもはめたみたいにむちむちした腕、子どもはふりかえり、ぼくに焦点を合わせる。そしてもう一度叫ぶ。「パパ！」赤い缶かんを手にした陶子もこちらを見て笑っている。子どもはよちよち歩きで廊下を突っ切り、両手をまっすぐぼくに向けて、まったく、たじろいでしまうくらいまっすぐぼくに向けて、よそ見をせずに歩いてくる。湿り気をおびた、なま温かいそのちいさな手がしゃがんだぼくの頬に腕にぺたぺたと触れる。

「どうしたの、ぽかんとして」

陶子の声がして我に返る。台所に立つ陶子と目が合う。

「うーん、畳っていいにおい」

言いながら陶子は和室に入ってくる。

「あ、お隣さんち丸見え。お隣も若い家族なんだね」

陶子に言われぼくは窓に視線を移す。さっき閉まっていた隣家の玄関は開け放たれ、フリースのジャンパーを着た若い男がちいさな女の子とともに立っている。「ママー」女の子は玄関に向けて叫び、しばらくして、赤ん坊を抱いた女があらわれる。あ、赤ちゃん、とぼくの隣で陶子がつぶやく。「パパー」赤いオーバーコートを着た女の子は、ぴょんぴょん飛び跳ねて父を呼ぶ。若い男は女の子のちいさなてのひらを握る。

「お風呂とトイレもどうぞご覧ください、こちらです」奥から不動産屋の声が聞こえてくる。「お風呂はちょっと古いタイプですが、追い焚きもできますし、それにこの広さ、最近のユニットバスではあり得ないんですよね」

和室を出る陶子のあとをぼくは歩き、ついさっき一瞬見えた光景はなんだったのかと首をひねる。あの声は隣家の女の子のものだったのか。だとしたら、流しの棚から赤い缶を出している陶子は、よちよち歩きの赤ん坊は、いったいどんな幻なのか。ひょっとしたら、あれはぼく自身の記憶かもしれない。たしかに、ぼくが小学三年生まで住んでいたのはここととよく似た平屋の木造住宅だった。台所でビスケットを用意していたのは

若かった母か。両手を広げて子どもを待っていたのはぼくの父か。いや、しかし——、

「わあ、見て見てしんちゃん、なんだかなつかしくない、このお風呂？」

陶子の声がぼくの思考を遮る。風呂場ではなく目の前にある女の背中をぼくはまじまじと見る。ずいぶん太ったような気がする。肉ばかり食べているんだから当たり前か。その背中に向けてぼくは唐突に、

「なあ、ここに決めようよ」そんなことを言っている。耳に届くのは有無を言わさぬ強い口調で、そのことにぼく自身が驚いている。「ここ、いいと思うよ。町もいいし、通勤時間に問題はないし、この家だって陽当たりがいいし、広いし、なんだか落ち着くじゃん」

不動産屋が満面の笑みで何か言っているのが視界の隅に映る。車が発進する音が聞こえる。隣家の家族が出かけたんだろう。そうね、と陶子は口だけ動かして、無表情のまま小刻みに幾度かうなずいてみせる。

ぼくがさっき垣間見た一瞬の光景は、過去なのかもしれず未来なのかもしれなかった。どちらにしても、ぼくらが今しなければならないのはそれを現在にかえることなのだ。

「じゃあいったん戻りましてとりあえず仮契約を」

不動産屋の声が遠く聞こえる。まだ腹のぺたんこな陶子はトイレをのぞいている。便

座の前にしっかと立つその背中は、やけに頑丈に見え、さっきホームからこの駅までぼくが追いかけた女は、見知らぬだれかではなくて陶子ではなかったかと、一瞬本気で考える。

サイガイホテル

この町で、私はナカタと呼ばれている。ナカタというのはあの有名なサッカー選手で、サッカー好きのこの国の人たちは、日本人を見るとそれが男であれ女であれ、老人であれ幼児であれ、「ナカタ」と呼びかける。四ヶ月前から私はこの町にいる。ナカタと呼ばれ続けている。

私が滞在しているのは、入り組んだ市場をすぎて、路地を少し入ったところにある、ファイブスターホテルという宿だ。五つ星なんて名だけれど、実際は星もついていない、一泊十五ドル程度のぼろい安宿だ。従業員も宿泊客も、ファイブスターではなく、ディズアスターホテルと内々で呼んでいる。ここに泊まっていることがすなわち災害であると、自嘲的な意味合いをこめて。

生まれ育った町が嫌いで私はここまで逃げてきた。——そんなふうに言うとなんだか捨て鉢なかっこよさがあるけれど、ただ単に、あの町にいるのがいやだった。東京まで二時間強、さびれた駅前ロータリー、不思議とにぎわっている商店街、同じ顔ぶれ、かわされる他家の噂話。そこからどこかへ出ていくという選択肢など、思いつくことのない人たち。

東京に住もうとか、九州に引っ越そうとか、あるいは北海道に移住するとか、そういうことも考えたけれど、なんだかそれでは逃げおおせるような気がせず、国外に出た。シンガポールから移動を続けて、もう一年と少したつ。

脱出でもなんでもない、これではただの長期観光旅行だというのは、移動をはじめてすぐに気づいた。あの町が嫌いだの逃げおおせるだのと言いながら、結局、放浪のまねごとをしている同世代の日本人と大差ないわけで、そんな自分がなさけなくもあり歯がゆくもあったけれど、数ヶ月たつとどうでもよくなってしまった。とりあえず、移動し続けていれば、あの町から逃げ続けているような錯覚は抱ける。この町に長逗留《ながとうりゅう》している理由は、ほかでもない、所持金が心許《こころもと》なくなったからだ。現在は、新市街にある日本料理店「さくら」でアルバイトをしている。

九時にホテルを出、市場の中央広場に面した喫茶店で朝食を食べる。コーヒーとゆで卵、トーストの朝ごはんだ。もう顔なじみになったウェイターがテーブルにそれらを運び、ナカタ、ねえ夕方デートしない？　と誘う。おはよう、という挨拶みたいなもので、本気で私とデートをしたいわけではない。だから私はそれには答えず、笑って濃いコーヒーをする。

今日も晴れている。この四ヶ月で、この町に雨が降るのは数回しか見ていない。空は澄んで高く、陽射しはもうすでに強烈で、喫茶店のひさしがアスファルトに濃い影を落としている。広場の向こう側で、ここと似たような喫茶店が次々と店を開きはじめる。鳩が飛び交い、広場に点のような影が散らばる。この町は、いろんなことがめちゃくちゃだ。市場を中心に、観光客とそれをあてこんだ様々な商売人たち、それから付近で暮らす住民たちが入り乱れ、喧噪《けんそう》がとぎれることはなく、ルールや慣習はどこにも見あたらず、なんだかみんな好き勝手に行動している。それでもこの町が混乱に陥らないのは、この国の人たちの、精神的持続力の欠如によるんじゃないかと最近思っている。デートに誘うウェイターは、昨日もそう言ったということを忘れているから何遍でもくりかえす。この好き勝手さ加減、どうでもよさ加減は、とりあえず気に入っている。日々はかろやかに、心安く過ぎていく。

あの家を、人に貸すことにしたそうです。

二週間前に受け取った手紙には、そう書いてあった。この町の、中央郵便局宛に届いた妹からの手紙だ。

私は、おねえちゃんに相談してからのほうがいいと言ったんだけれど、彼らは、未だにおねえちゃんが旅行にいってしまったこと、それから、お葬式にも帰ってこなかったことなどを、ずいぶん怒っていて（気にしないでね、そういう人たちなんだから）、あの平屋をそのままにしておいてもしょうがないし、貸すといったら貸すの一点張りで、もう、不動産屋にたのんでしまったみたい。

家というのは、私と祖母が住んでいた、あの町のちいさな一軒家だ。駅から十五分ほど歩いたところにある。私はおばあちゃん子で、小学校にあがる前から、自分の家にいるよりは、そこから徒歩二十分の祖母の家にいることのほうが多かった。学校を終えてもまっすぐ家に帰らず、祖母の家に立ち寄って宿題をすませ、お八つを食べ、祖母の夕食の支度を手伝ってから家に帰った。中学も高校も同様で、母は、私が何かというと祖母の家にいることが気にくわず、よくそのことで喧嘩をした。高校を出ると私は本格的に祖母の家に住むようになった。都内の短大へも、そののち勤めたデザイン会社へも、祖母の家から通った。働きはじめてからは祖母に家賃と食費を渡していた。もちろんそれは、ひとり暮らしをするよりうんと安い金額だったけれど。そのころには、親はもう何も言わなくなっていた。都内でひとり暮らしをされるよりは、祖母のところに居候していたほうが安全だと思ったのだろう。

でも、心配しないでね、おねえちゃん。

と、妹は書いていた。あの家を人に貸してしまっても、帰ってくるところはちゃんとあるんだから、心配しないで帰ってきてね。と。

九時半になったのをたしかめて、私は小銭をテーブルに置き店を出る。陽射しをよけて市場を抜け、新市街へと続く歩道を歩く。バスやタクシーやオートバイが、六車線の道路をひっきりなしに行き交っている。何人かが車から身を乗り出して私に声をかけてくる。目が合うと、非常に粘っこいウインクを投げてよこす。土埃があがり、町はうっすらと白い靄《もや》に包まれている。

日本料理店「さくら」のアルバイトは、十時から午後五時までだ。店にいるのは板前の菊池さんとその奥さんのかずえさん、昼のアルバイトは私と山本くんだけだ。全員店の外に出れば「ナカタ」と呼びかけられるわけだが、この店のなかでだけ、私はクミコさんと呼ばれている。佐々木玖美子。それが私の本当の名だ。

埃っぽい道を歩き、小綺麗なビルの建ち並ぶ新市街の一角にある「さくら」に一歩足を踏み入れると、ここが異国であるということを完璧に忘れてしまう。それくらい、「さくら」は日本らしい快適さに満ちている。温度だけではなく湿度も適度に調節されていて、営業時間内は琴の演奏が、営業時間外は現在東京ではやっているらしいＪポップがしずかに流れ、ビールはアサヒとキリンだし、カウンター以外は座敷席だし、店内インテリアはものの見事に和風である。

ここで私がもっとも快適に思うのは、だれも他人に干渉しないことである。私が推測するには、菊池さんもかずえさんも山本くんも、夜のアルバイトにくるマリエさんも中島さんもめぐみさんも、みな何かしらここにくるまでの特殊な事情を抱えている。私があの町から逃げてきたのと同様、端から見ればちっぽけな、しかし本人には重要な何かから逃れてここにいるのだろうと思う。だからたがいに何も訊かない。訊かないし、自分のことを説明するつもりもない。そんな強い意志ともとれる無関心が、店内を覆っているように私には思われる。

十時から十一時まで、私と山本くんは黙々と店内外の掃除をする。窓を拭き、床を掃き、カウンターやテーブルを拭き、椅子を拭き、化学雑巾でインテリアを拭き、おもてを掃き、水をまく。この国の人たちは、こと掃除に関してはたいへん怠けものなので、私と山本くんがくるくる働くさまがめずらしいらしく、ときおり、店の前に突っ立って私たちをずうっと眺めている暇人もいる。掃除が終わるとかずえさんがお茶を入れてくれる。ランチタイムがはじまる前に、私たちはみんなで煎餅や羊羹《ようかん》を食べ、お茶を飲む。たいてい山本くんが「どうでもいい馬鹿話」をする。だれも個人的なことには干渉しないこの空間で、「どうでもいい馬鹿話」はたいへん貴重だ。山本くんの話はいつも、そのどうでもよさ加減が絶妙である。たとえば今日は、道路に面したカフェでひとりビールを飲んでいて、通りがかりの中年男にいきなり横っ面をはられた話。この国は酒を飲むことを良しとしない宗教国なのだ。もちろん外国人はカフェでも路上でもどこでも飲んでいるが、山本くんは色黒で顔立ちが濃いから、よくこの国の人間に間違えられる。この国の若い人は、酒を飲まないこともないがあくまでもこっそり飲む。私とかずえさんと菊池さんは彼の話に笑い、同情し、それと類似した話を披露し、そうしてつかの間の休憩時間を終える。

五時に仕事を終え、私と山本くんは「さくら」の前で手をふって別れる。山本くんは新市街のアパートに住んでいるらしい。私は埃っぽい道を、旧市街に向けててくてくと歩く。バイク屋が路上に部品を並べ、座りこんで煙草を吸っている。タンクトップを着た欧米人旅行者たちとすれ違う。カフェは男たちでぎゅうぎゅうに混んでいる。店にある十四インチのテレビがサッカーの試合を映しており、みなそれを見つめている。陽射しはまだ強い。この町に夜がおとずれるのは、九時近くなってからだ。

私の借りている部屋は215号室で、右隣には一週間ほど前から一組の男女が泊まっている。旅行者ではなく、この国の人たちだ。薄い壁からひっきりなしに彼らの話し合う声が聞こえてきて、なかなか寝つけない。すすり泣く声が聞こえ、性交でもしているんだろうと思ったが、それはあえぎ声ではなくたしかに泣き声で、しかも男のほうが泣いているらしい。なぐさめるような女の抑えた声が、カーペットに広がる水みたいにひたひたと聞こえてくる。

左隣の部屋には、赤い髪の、顔の中央にそばかすの散った、若くない女がいる。私がここへきたときには彼女はすでにいた。無愛想というよりも、世のなかのすべてに興味がないといった風情で、挨拶してもこちらを見ずにぼうっとしている。どこの国の人なのか、何歳なのか、まるでわからない。ときどき亡霊のように市場をぶらついている。左隣は今日もひっそりと静まりかえったままだ。

右隣の男女は、不倫関係にあるのだろうと薄いマットレスの上で私は想像する。もう一週間もここにいるということは、当然逃げてきたのだろう。ひょっとしたら男は、妻を殺してきたのかもしれない。殺さずとも、何か暴力をふるっておびただしく傷つけ、それで愛人と逃げてきたのかもしれない。男はきっと、そのときのことを思い出して泣いているのだ。

凡庸な想像をしながら眠りを待つが、しかしすすり泣きは終わらず、私の目も冴えたままだ。ベッドから降り、小型冷蔵庫からミネラルウォーターを取り出し、窓際に立ってそれを飲む。窓の下にはひとけのない路地が広がっている。すすり泣きはやまない。女の低い声はずっとささやき続ける。だいじょうぶよ。だいじょうぶよ。だいじょうぶよと、たぶんそんなようなことを。

祖母が死んだということも、私は旅先で、やはりその町の中央郵便局宛の妹の手紙で知った。お通夜とお葬式の日取りが書いてあったけれど、それはとうに過ぎていた。あれだけ世話になっておきながら、葬式に顔も出さないと、両親が怒っているのも無理はなかった。

前から私は私の住むあの町を好きなわけではなかったけれど、できるだけ遠くへいってしまおうと具体的に決意したのは、祖母が倒れたことがきっかけだった。祖母の様子がおかしいことに、深夜気づいた私は救急車を呼び病院へいった。祖母は脳梗塞で、発見が早かったから命に別状はなかったものの、左半身に障害が残った。リハビリを終えあのちいさな一軒家に祖母は戻ってきて、また私と二人で暮らすようになるのだが、私はその生活にどうしようもない苦痛を覚えるようになった。祖母の面倒を見ることがいやだったのではない。片足を引きずるにしても祖母は杖なしで歩くことができたし、運良く利き手は自由につかえたから、たいていのことをひとりでこなせた。はたが思うほど祖母は手のかかる老人ではなかった。

けれど私は耐えられなかった。たとえば眠る祖母の呼吸を聞くこと。時間をかけて風呂に入る祖母がたてる水音。以前より大きく設定されたテレビの音声、トイレから聞こえてくるたよりない放尿音。光の気配もない暗闇が、あるいはものごとの終焉が、ゆっくりと音もなく近づいてくるような恐怖を、私はそれらいちいちに感じるのだった。祖母の死をおそれることと、似ているようでそれは違った。いっそ私の知らないときに、息を引き取ってくれたらどんなにいいかと私は思いすらした。

私はあの町から、祖母から、得体の知れない恐怖から、みっともないくらいあわてふためいて逃げだしてきた。私がいなくなったあとは、母が勤めをやめ祖母の家に通うようになったと妹から聞かされた。子どものころから家に寄りつかず、おばあちゃんおばあちゃんだったのに、病気になったら捨てていくなんて、おそろしい子に育ったものだと母が言っていたということも、手紙で読んだ。子どものころからなじんだあの家で増殖される恐怖のことを、説明してもたぶん母にはわからない。

すすり泣きは終わらない。なぐさめる女の声はもう聞こえてこない。しずまりかえった路地から視線を外し、私はかたいベッドに横たわる。

ナカタ！　ナカタ！　と朝早く、客室掃除係の若い女に起こされた。ふつう、客室掃除というのは宿泊客がいない時間にさっとすます仕事のはずだが、災害ホテルでは彼女たちが宿泊客を追い出してまわる。午前中のあいだに仕事を終えて、早く家に帰りたくて仕方ないのだ。

ドアを開けるとヒロコちゃんがにこにこして立っている。ヒロコちゃんというのは私がつけたあだ名で、本当の名は私にはむずかしい発音の言葉だ。私はまだ寝てんのよ、今日はアルバイトは休みだからと、ヒロコちゃんは英語も日本語も理解しないので、身ぶり手ぶりで私は示す。ヒロコちゃんは舌を嚙みそうな早口で何か言いながら、私を押しのけて部屋に入ってくる。風呂場を開け放って掃除をはじめてしまう。あーあ、私はわざとらしく大きな声で言い、ドアを閉めて着替えをはじめる。風呂場を磨きながらヒロコちゃんはしきりに私に話しかける。彼女には、言葉が通じるとか通じないとかあんまり関係ないらしい。いつでもごくふつうに何か話しかけてくる。

風呂場とトイレの掃除を終えたヒロコちゃんは、ベッドカバーとシーツをひきはがしている。私は洗面所に入り、顔を洗い歯を磨く。掃除を終えたヒロコちゃんと客室を出る。ヒロコちゃんは私の手に何か握らせてにっと笑う。そして隣室のドアを激しくたたき、グッモーニン！　ルームクリーニング！　と、それだけ知っている英語を大声でくりかえしている。てのひらをそっと開くと、黄色い包み紙にくるまれた飴玉があった。

休みの日、私は観光客のように旧市街の市場を歩く。この町の市場は、塀で町と隔てられている。入ってすぐは生鮮食料品の店が並ぶ。右は精肉、左は魚。足元は、流れる血とそれを洗う水でいつもへんな色に濡れている。羊の顔や毛をむしられた鶏、ざるいっぱいの小海老やイカが、銀色の台に並んでいる。顔見知りの何人かがナカタ、と声をかけ、私は笑ってそれにこたえる。

生鮮食料品店がとぎれると、次は布地屋が続く。ショーウィンドウには、古めかしいマネキンが原色の布を巻きつけて立っている。見上げると、店のひさしに切り取られた空は細長く、くっきりと青い。中学生か、高校生か、白いブラウス姿の女の子が、ぴったりくっついて何か話しながら私のわきを通りすぎていく。向こうから歩いてきた色黒の男が、すれ違いざま私に投げキスをする。どこかから、エキゾチックな音楽がちいさく聞こえてくる。仲良くなったスパイス屋の若い女が、店の奥から私を呼び止める。今日の夜ディスコにいこうと誘う。七時に待ち合わせをして、手をふって別れる。

日本の方ですよね、と、銅製品を扱う店がひしめく一角で声をかけられた。ふりむくと、中年の女が二人、私を見ている。

「出口って、どちらかしら」

「迷っちゃったんです、私たち」

　女たちは交互に言って、笑う。ひとりは大きなサングラスをかけていて、ひとりはサファリ帽をかぶっている。

「ここを道なりにいって、そうすると角に雑貨屋があるんです、雑貨屋を左に見て直進して、そうすると少し大きな広場があって、そこを……」

　女たちはきょとんと私を見ている。

「ご一緒しましょうか、途中まで」

　言うと、二人ともにっこり笑った。

「たすかるわあ。ここ、本当に迷路みたいで」

「何回角を曲がっても、あそこに出ちゃうのよ。あの銅のお盆を並べたお店に。あのお店のおにいさんに覚えられちゃって」

「目が合うたび笑われちゃって。あなたは学生さん？　こちらにお住まいになっているの？」

　私を真ん中にはさんで、二人はかしましくしゃべる。

「はあ」私は曖昧に返事をする。

「まあ、えらいのねえ。あら、ねえヨウコさん見て、あのお店。あそこに積まれてる櫛《くし》、なつかしいわねえ」

「あらあらほんと、あのヘアネットもなんだか……。ちょうど二十年前って感じね」

「そうね、二十年前。いいえ三十年じゃないかしら」

「やあねえ、おばあさんみたいよねえ、あたしたち」

二人は同時に私を見上げ、笑う。私もなんとなく笑う。

精肉通りにさしかかり、私は道のずっと先を指さす。

「ここをまっすぐいくと出口です。出口をさらにまっすぐいくと大きな広場があって、タクシー乗り場もバス乗り場もありますから」

「まあ、どうもありがとう」二人は声をそろえて頭を下げる。「本当にたすかったわ。閉じこめられるところでした」「本当に、ねえ。あなたもお気をつけて。しっかりお勉強なさってね」

二人は幾度も頭を下げながら歩いていく。彼女たちに背を向けてしばらく歩き、そっとふりかえった。肩を寄せ合ったちいさな女たちが遠ざかっていく。そのうしろ姿から目をそらし、ふたたび布地屋の通りを歩きはじめたとき、ある鮮明な光景がぱっと頭に浮かび、呆気にとられて私はそこに立ち止まる。ショーウィンドウのマネキンが着ているドレスに見とれるふりをして、勝手に浮かんできたその強烈な光景に目を凝らす。

祖母のふくらはぎだった。靴下もストッキングもはいていない、細くて白い祖母のふくらはぎ。祖母は爪先立ちをする。そうするとふくらはぎについた薄い筋肉がきれいに浮かび上がる。淡い色合いのスカートの裾、白いエプロン。背伸びをして、台所の棚から祖母はお八つを取り出す。もう三時だよクミちゃん。お八つ食べようか。頭上から降ってくる歌うような祖母の声。見上げた視界に映るのはビスケットの入った赤い缶かんで、私をのぞきこむ祖母の顔はそれに隠されて見えない。二十年以上も前の光景が、昨日見たような鮮やかさで再現され、私はしばらく呆然とそこに立ちつくす。目の前で揺れる祖母のふくらはぎとスカートの影を、幼い子どもみたいに目で追う。

父や母が怒っているのは、私が葬式に戻らなかったからじゃない、薄情だからではない。私だけ、逃げおおせたと思っているからだ。妹がいちいち彼らの怒りを伝えてくるのもそのせいだ。私だけが逃げることを、許せないからだ。

新市街にあるディスコに、スパイス屋の女と、その他数人で出向き、脂っこい食事をし、八〇年代のロックで踊り、絶え間なくくりかえされるナンパを笑って無視し、十時過ぎにディスコを出、みんなとわかれてホテルに戻ってきた。彼女たちが私とディスコにいきたがるのは、ナンパの頻度が増えるからだ。男たちは、この国の女に声をかけるのはためらうが、そこに外国人がひとりまじっていると、気安く声をかけてくる。

ホテルの一階でビールを飲む。フロントわきにはバーともロビーとも呼べないような、ただ椅子が雑然と並べてあるだけのスペースがある。一応カウンターがあり、そこで酒類を買うことができる。窓際の椅子に座ってビールを飲んでいると、外を通りすぎていく男たちが、陽気で無責任なかけ声を浴びせ通りすぎていく。私はそのたび、笑ったり、無視したり、短く言葉を交わしたりする。

フロントで何か騒ぎが起き、私は瓶ビールを片手に立ち上がる。ホテルのなかも、扉の外も、あっというまに人垣ができる。背伸びをして人のあいだからのぞきこむ。肩を組んだ男が二人、ホテルになだれこんできたのだった。ひとりのシャツは引きちぎられ、頭や腕から血を流している。彼を担ぐような格好でもうひとりが、フロント係に向かってしきりに何か話しかけている。ホテルをねらった強盗かと一瞬思ったが、そうではないらしい。救急車でも呼んでくれとたのんでいるのか。ホテルの宿泊客も、おもてを歩く観光客も、わくわくした顔つきで彼らを眺めている。私の部屋の隣に住む、国籍不明の金髪女が、人垣を抜け騒ぎを無視してフロントに近づく。あわてふためいてどこかに電話をしているフロント係に、平然と鍵を要求している。みんな血まみれの男ではなく、まったく何も見ていないようなその女を、いつのまにか目で追っている。

今日も右隣の部屋の男は泣いている。きまって十一時を過ぎたころから泣き出すのだ。私はベッドに寝ころんで、窓から入りこむ淡い光にさらされた天井を見て、その声に耳をすませる。今日の女はいつものようにやさしい声を出さず、苛立った、抑えた声で男に何か言葉を投げつけている。男の泣き声は大きくもちいさくもならず、蛇口の壊れた水道みたいに淡々と続く。

天井を眺めたまま私は私の逃げてきた町を思う。肉屋の内側で、世界に絶望したように通りを見ている女とか、腰を折り曲げて店の前を掃くスーツ姿の不動産屋とか、夫に殴られたに違いない青痣《あおあざ》を隠そうともせず商店街を歩く痩せた女——挨拶を交わしたこともない、関わりなんか一度も持ったことのない他人ばかりが、なぜか次々と浮かび上がる。そこを歩いていた自分の姿、何もかもが不満だといった風情で商店街を歩き祖母の家に向かう自分の姿も、同様のよそよそしさで浮かぶ。隣の男は泣きやまない。私は天井を見上げたまま、男の声に合わせて、ちいさく泣き真似をしてみる。もうだめだ。もうどうしようもない。助けてくれ。どうしたらいいのかわからないんだ。ねえ、助けてくれよ。泣き声のあいだに男が言っているだろうせりふをちいさくつぶやいてみる。それは真似でしかないのに、右目から本当に涙がこぼれた。それはこめかみをつたって枕にしみこむ。

ナカタ、ナカタとドアをたたかれ目が覚めた。もう朝で、ヒロコちゃんがまた起こしにきたのかと思うが、しかし窓の外はまだ暗い。時計を見ると午前二時七分である。ナカタ、ナカタとドアの外の女の声は続き、ひっきりなしに扉がたたかれる。ベッドから降り、裸足のまま私はドアに近づき、「だれよ?」と英語で訊いてみる。声はそれには答えず、すがるようなせっぱ詰まった声で、ナカタ、ナカタとくりかえすだけだ。舌打ちをしながら、ドアを開ける。

薄暗い廊下に立っていたのは、見知らぬ女だった。三十代くらいか、濃いアイラインを引いて、真っ赤な口紅をぬっている。緑色のブラウスに、黄色い花柄のスカート姿だ。夜中なのに、何をめかしこんでいるのか。私がドアを開けるやいなや、女は私の両手を引っ張り、ナカタ、ヘルプ、と言う。女は私を、隣室に連れていく。彼女は隣室のカップルの片割れらしい。嫌な予感がした。

右隣、いつも男が泣いている部屋のカーテンが燃えていた。部屋には煙がたちこめている。女は燃えるカーテンを指し、ヘルプ、ヘルプとたよりなく言うだけだ。男が煙のなかから廊下に飛び出してくる。

「ヘルプって、もう、あんたたち、何やってんのよー」

私は独り言を言いながら風呂場にかけこみ、トイレのわきに置いてあるプラスチックの手桶に水を溜め、それをカーテンにぶっかける。煙がすごいから、部屋じゅうが燃えているように思ったけれど、カーテンを燃やしていた炎が消えると、ほかに火の気配はない。黒く焦げたカーテンに、念のためもう一度水をかける。カーテンは紙のように床に落ちる。

「ちょっとー、フロントにいったほうがいいんじゃないの」

英語はどうせ通じないのだ、日本語で言いながらふりむくと、廊下に立っていたはずの男女の姿が見あたらない。嫌な予感はさっきよりさらに色濃くなっている。私は部屋を飛び出し、自分の部屋に駆け戻る。

男女が私の荷物を盗もうとしている最中だった。クロゼットにしまっておいたディパックの口を開いて女が持ち、床に散らばった衣類やMDウォークマンやサングラスなんかを男がかき集めディパックに入れている。

「ちょっと！」

声をあげると二人は同時に私を見、男はすさまじい速さで私を突き飛ばし、女はディパックを赤ん坊のように抱きかかえ、部屋から飛び出ていく。突き飛ばされ尻餅をついた私はあたふたと起きあがり、二人を追って暗い廊下を全速力で走る。走りながら、デイパックのなかに何が入っていたか考える。パスポートが入っている。現金が少し入っている。クレジットカードとトラベラーズチェックはべつの引き出しに入れておいた。下着が入っている。文庫本が入っている。Tシャツが入っている。旅の途中で現像した写真が入っている。日記がわりの金銭帳と、カメラが入っている。

男女二人は暗い廊下を走り階段を駆け下り、無人のフロントを通りすぎておもてへ出ていく。彼らを追って私も外に飛び出す。裸足のままであることに気づいた。歩いている人はまったくいない。ホテルの前にいつも寝ている野良犬が、やる気なさそうに一声吠《ほ》えた。

二人はどこへいく気なのか、こちらをふりかえることもせず、新市街へ続く道路を走っていく。ひとけはなく、道の両側は椰子の木が続き、車の通らない広い道路が、橙色の街灯に照らされている。

「待てーっ、泥棒ーっ」私は叫ぶが、しかしその声はむなしく夜のなかに吸収される。走りながら、自分がノーブラで、脇毛も処理していないままタンクトップを着、膝上二十センチほどのスパッツ姿という、かなり情けない格好であることに気づいたが、どちらにしてもだれもいないのだからかまわないと思いなおす。ひんやりした土埃の道を痛いほど蹴って走った。

目の前を走る女が転びかけ、男がそれを起こし、二人はしっかり手をつないで走り続ける。私のデイパックは、男が自分のものであるかのように背負っている。もう少しで追いつける、と思う。馬鹿が、と思う。何から逃げてきたのか知らないが、あの部屋で金も使い尽くし、毎晩泣くだけ泣いて、それで小火《ぼや》を起こす芝居を考えたのか。隣室が、金ぴかの国からやってきた気楽な観光旅行者だと思ったのか。こうするよりほかに、どうしようもなかったのか。ナカタなんて呼んで起こしやがって。なめんな、馬鹿、と思う。

私は無言で走り続ける。熱気はみっしりと濃く、この町の、どろりとした暗い色の夜が、体じゅうにまとわりついてくるようだった。

私と二人組の距離はどんどん縮まる。汗がしたたり落ちる。すねが重く痛む。彼らを追いかけながら、私はふと、自分が逃げているような奇妙な錯覚にとらわれる。彼らが追いかけ、私が逃げているような。その錯覚から逃れるために、聞いてくれる人の姿などないのに、

「強盗ーっ！」

と怒鳴ってみる。怒鳴ってみると、その一瞬、自分はものすごく正しいことをしてい

るんだと理解することができた。スリの現行犯は、この国では三十年牢屋に入れられる。盗みは大罪なのだ。山本くんから聞いた。スリでさえそんなに長期なのだから、物盗りはどうなるのか。ひょっとして極刑かもしれない。

「だれか、つかまえてーっ」

調子に乗って私はまた怒鳴る。

「リッス、リッスーッ」

泥棒という意味の、この国の言葉を急に思いだして怒鳴る。暗闇のなか、男がちらりとふりかえる。女がまた転びかけ、身にまとった黄色い花柄のスカートが闇のなかで光のように揺れる。それをこの手でつかめそうで、私は思わず両手を前に差し出している。しかしまだ届く距離ではない。私の両手は生ぬるい空気をつかむだけだ。

すぐ何メートルか先で、再度転びかけた女は男に手を引かれ、しかしバランスが悪かったのか二人はおもちゃみたいに転倒してしまう。やった、今だ！　心のなかで叫び、私は彼らに飛びかかる。男が背負う私のデイパックにしがみつき、めちゃくちゃに動いてそれを彼の腕から外そうとする。一瞬頭が発火したように熱くなり、しばらくしてから、女が私をデイパックから引き剝がそうと、髪をひっぱっているのだと理解した。

返せ、返せ、返せ、返せ、返せ、返せ、返せ、私は叫び続ける。このちっぽけな荷物。

汚れた下着と、色あせたTシャツと、旅の写真と、私がナカタでないと唯一証明する赤いちいさな手帳。あの町から、祖母から、あの家の気配から逃げるときに持ってきたいっさいの家財道具。

腹に鈍い衝撃が走って、私はその場にうずくまった。男が私の腹を蹴ったのだった。よだれが舌からしたたり落ちて、橙に照らされるアスファルトにぽとりと落ちる。二人はふたたびその場から逃げていく。静かな夜に、足音が響き、遠ざかる。

私は逃げているのか。もう決して手に入らない何かを追いかけているのか。うずくまったまま、そんなどうでもいいことを考えて、私は自分の垂らしたよだれを見る。埃っぽい道路に落ちた黒い点。その少し先に、何か落ちているのに気づいた。腹を抱える格好でうずくまったまま目を向けると、それは片方の、華奢《きゃしゃ》なハイヒールだった。ストラップとヒールは赤で、靴底は金色だった。こんなヒールの高い靴で走っていたのか、どうりでしょっちゅうこけていたわけだ。片足靴を履いていないことに、きっと女は今ごろ気づいているんじゃないか。

気がつけば足音はもう聞こえない。町はどこまでも静まり返っている。私はゆっくり立ち上がり、まだ痛む腹をさすりながら、人差し指にストラップを引っかけて靴を持ち、元きた道を歩きはじめる。

あの家にはどんな人が住むのかな。ふいに思う。祖母と私が暮らしたあの家。ちいさな家族を営んだ家。陽射しのたっぷり入りこむちいさな家で、どんな人がどんな暮らしをはじめるのか。

どんな人が住んでもきっと同じことだろう。そこから逃げ出したいと思い、けれど次の日にはそんなことを思った自分を恥じ、近くの人間や周囲のものごとをいとしいと実感し、それでもその数時間後には、何かに舌打ちをしチクショウメと口のなかでつぶやいている。私がどこをほっつき歩いても日常があり、私がいつか、逃げることと追いつくことを反転させてまたあの町にたどり着いても、私のいない災害ホテルでだれかの日常は果てしなく続く。泥棒男は夜中に泣き、片方の靴をなくした女は彼をなぐさめ、憎み合ったり愛し合ったりし、時間がくれば目を閉じて眠る。

「サイガイホテルで災害に遭っちゃった」

私はだれかに話しかけるように言う。

「駄洒落にもなんないか」

だれかの笑い声が聞こえたような気がした。

人差し指に引っかけた靴を持ち上げてみる。半円を描くストラップのちょうど真ん中に、低い位置にかかる月があった。やけに赤い月だった。

解説

中島京子《なかじまきょうこ》
（作家）

駆け落ちに失敗した女子高生、薬物中毒の主婦、やさぐれた専業主夫、結婚に倦《う》んだ肉屋の嫁、大学の同級生を追いかけるストーカー、離婚した初老の女、いじめられっ子の少年、ひがみ全開の三十女古書店員、年上の不倫相手が離婚してしまったために結婚せざるを得なくなった若い男、そして……。

『トリップ』の主人公たちは、誰もが「似合わないのにそこに居なくちゃいけない」みたいな人々だ。

私は、しょっぱさと苦さと滑稽《こっけい》さの混ざり具合が見事なストーカー物語「きみの名は」（タイトルもいい！　そうそう、これに限らず、一編ごとのタイトルがそれぞれすごくいい）がお気に入りだが、どれもが、はずれなく、おもしろい。

雑誌掲載の順番どおりに十編が並んでいるのだけれど、この並びがまた絶妙で、最後まで読み終わってから、「これが最後で、あれが最初か！」と思うと、あまりの巧さになんだか腹が立つ（?）ほどだ。

ここまで読んで、「わ〜、おもしろそう」と思った方は、すぐ小説を読み始めてください。

解説行きます。


角田光代という作家には、前進するイメージがある。

手探りでも触れるような身近な日常を描き始めた、そのいちばん最初のときから、「王様は裸だ」と喝破《かっぱ》する子どものような目を持ったまま、ひとり、勘を頼りに、ずんずん進んで行くように見える。

角田光代は、九十年代の若い世代を代表する作家だった。

ニートやフリーターなどという言葉を、社会学者が説明し始めるよりずっと前から、よるべなく、金もなく、目的もなく、人とのつながりも危うい二十代、三十代男女の苛《いら》立《だ》ちと疲弊《ひへい》を描いて、同世代の共感を得てきた。

そのころの作品は、フリーターやバックパッカーが主人公で、いわゆるきちんとした社会を中心と考えるなら、いつまでも大人になれない人たち、現実社会からはみ出した周縁で生きている人たちの話だった。

じっさい、作家自身も、その、周縁的な空気の中で生きていたのだと思う。

ところが二〇〇〇年代に入って、この小説家はいきなり、徒手空拳《としゅくうけん》で、「中心」へと切り込んだ。中心というのは、「社会」とか「家庭」とかいった、字面だけ見れば、確固としてみえるなにかの中に。

インタビューで角田さんは自著『空中庭園』について、「擬似《ぎじ》家族を描いてきた自分が、初めて正面から家族を描いた作品」と語っていたが、ほぼ同時期に書かれた『トリップ』の短編たちでもって、作家は、さらに不可解な、「現実社会」に足を踏み入れることになる。

『トリップ』は、新しい地平を開拓した時期、角田光代第二期を代表する連作短編集なのだ。

この第二期には、婦人公論文芸賞受賞作『空中庭園』と、直木賞受賞作『対岸の彼女』が書かれているわけだから、もしかしたら後世この『トリップ』は、その二作に埋もれた佳作、なんて評価になってしまわないか心配だ。

だから、及ばずながら、この一冊が「角田光代第二期」において、いかに重要な作品であるか、声を大にして、活字を太字にして、訴えておきたい。

『トリップ』は重要な作品です。

やれやれ、少し気が楽になった。

「現実社会」と言ったって、角田光代がいきなり企業小説を書き始めたわけではない。(じつは『対岸の彼女』において、作家は会社経営者すらその筆にかけることになるのだけれども、それはまだ、少し先の話になる)

東京からはちょっと離れた郊外の、ぱっとしない商店街のある小さな町の話だ。一見するとそれは、これまで書かれてきた小説群の舞台と似ている。その、ぱっとしなさが。でも、出てくる人たちの年齢や背景に、圧倒的な幅がでている。十代から六十代くらいまで、さまざまな男女が登場する。

あれ、あれ、あれ、と読者は驚く。

たしかに、これまでの主人公たちとは違う。だけど、なんだか妙に似ている。似ているばかりか、ひょっとすると毒気が増している。

さきほど、角田光代が徒手空拳で、と書いたけれど、ほんとうは、徒手なんかで出て行ったわけではない。

それまでに培《つちか》った作家としての筋力と、最初の小説を書いたときとおんなじ、「王様は裸だ」と見破る眼力を武器に、「現実社会」や「家庭・家族」に殴りこみをかけたのだ。

ほら、ここにだっておなじものがある。

空虚《くうきょ》さと苛立ちと疲弊がある。

確固としたものなんて、ここにもない。

誰も「大人」になんて、なっていない。

みんな、そこにしかいられなくて、ほかにどこへも行けなくて、立ち止まって、うずくまって、よるべなさに肩を震わせながら、生きてるんじゃないか！

そう、角田光代の小説は、怒号する。

ふつうだったら、たまらない。こんなことをされたら。

余計なお世話だほっといてくれ、俺たちはなんとかして現実社会と折り合いをつけて生きてるんだからさ、と言いたくなる。

でも、角田光代の読者は、そう言わない。

どこか自分に似た主人公たちの、くたびれた日常を見せられても、怒らない。逆にそこから、目が離せなくなる。読んで、ちょっと泣いたりして、本を閉じ、そっと本棚にしまう。また、取り出す日すら、あったりする。

どうしてか。

それは、角田光代が、よるべない若者に注いできたのと同じ視線を、そのまままっすぐ、それ以外の世代へも向けたからだ。

批判でもなく、揶揄《やゆ》でもなく、手を差し伸べることもしないけれども、路上で隣に座り込んで投げかけるような視線を。私はここにいるよ、と寄り添うことで、人を、いきなり無防備にしてしまうような視線を。

第二期に入って角田光代は、より多くの読者を獲得するわけだが、それは、この作家が「大人になる」なんていう野暮な振る舞いを潔《いさぎよ》く拒絶しながら、彼女にしかできないやり方で、幅広い「ふつうの人々」のいる場所へ、歩み出て行った結果なのだ。

『トリップ』を読んでいて、もう一つ、気がついた。

角田光代は元来、性善説の人である。

表題作「トリップ」の中では、LSDをやめられない主婦が息子の太郎を抱きしめる。「こんなに小さい。入れものとして、こんなに小さいのだ。あたしもかつてこんなに小さかったはずだ。言葉も、不安も、絶望も、かなしみも、入りきらないくらいに。／ましてバッド・トリップの最中にあたしが垣間《かいま》見た無限の闇なんか、この入れもののどこにも含まれていなかったはずだ。」

デビュー作『幸福な遊戯』の中に、とてもよく似た記述がある。主人公が姉の家を訪ね、姉自身の幸福な遊戯ともいうべき結婚生活の細部を見せられたあとに心の中でこうつぶやくのだ。

「もし運命の糸なんてものがあるとしたら、生まれた時は産声《うぶごえ》くらい真直《まっす》ぐな糸なのだ。それを私たちはわざとよじれさせていくに違いない。ある時は弱さのため、ある時は興味のため、面白さのため、悲しさのため、自分のために——。」

『トリップ』には、もう一回、人が人を抱きしめる（正確には抱きしめそうになる）シーンが登場する。「秋のひまわり」の主人公、十二歳の少年が、恋人に裏切られて座り込む母親を目にする箇所だ。

「ぼくは突然、畳にぺたりと横座りした女の人を、思いきり抱きしめてあげたくなる。抱きしめて、そういうことってあるよと言ってあげたかった。似合わないのにそこにいなくちゃいけないことって、あるよ。ぼくだってそうだよ。」

この息子→母、前述の母親→息子という、真逆のベクトルの抱擁《ほうよう》を前にすると、十二歳の少年のほうが、二十代か三十代の母親よりも暖かく大きく思える。これは、十二歳のほうがより「産声」の瞬間に近く、よじれが少ないからだと見るべきじゃないだろうか。

そして私には、角田光代という作家の眼差しや筆運びは、この少年のそれに近いのだと、少なくとも、そうあろうとしているのではないかと思えるのだが、どうだろうか。「裸の王様」に出てきたのは、十やそこらの、少年じゃなかっただろうか。

ともあれ、デビュー十年を経た作家は、新たな鉱脈を掘り当てた。堅牢《けんろう》に彼女を寄せ付けず屹立《きつりつ》していたはずの「大人の社会」の内側にも、角田光代に描かれるべき、よるべなき人々はこんなにも大勢いたのだ、と。『トリップ』は、その新しい鉱脈から掘り出された、珠玉の短編集と言えるだろう。

初出誌「小説宝石」(光文社)
空の底　二〇〇〇年一月号
トリップ　二〇〇〇年九月号
橋の向こうの墓地　二〇〇一年一月号
ビジョン　二〇〇一年七月号
きみの名は　二〇〇一年十二月号
百合と探偵　二〇〇二年五月号
秋のひまわり　二〇〇二年九月号
カシミール工場　二〇〇三年二月号
牛肉逃避行　二〇〇三年四月号
サイガイホテル　二〇〇三年七月号

二〇〇四年二月　光文社刊

光文社文庫

トリップ
著者　角《かく》田《た》光《みつ》代《よ》

2007年2月20日　初版1刷発行
2022年3月20日　17刷発行

発行者　鈴木広和
印刷　萩原印刷
製本　ナショナル製本

発行所　株式会社　光文社
〒112-8011　東京都文京区音羽1-16-6
電話 (03)5395-8149　編集部
8116　書籍販売部
8125　業務部

ISBN978-4-334-74192-1　Printed in Japan